# 中国历史故事集
## 隋唐篇

赵扬 著

长江出版传媒　长江文艺出版社

图书在版编目（CIP）数据

中国历史故事集. 隋唐篇 / 赵扬著. -- 武汉：长江文艺出版社, 2025. 6. -- ISBN 978-7-5702-3941-2

Ⅰ. I247.81

中国国家版本馆 CIP 数据核字第 2025L9D406 号

中国历史故事集. 隋唐篇
ZHONGGUO LISHI GUSHI JI. SUITANG PIAN

| 责任编辑：田敦国　叶　露 | 责任校对：程华清 |
| 封面设计：胡冰倩 | 责任印制：邱　莉　王光兴 |

出版： 长江出版传媒 长江文艺出版社
地址： 武汉市雄楚大街 268 号　　　邮编：430070
发行： 长江文艺出版社
http://www.cjlap.com
印刷： 武汉市籍缘印刷厂

开本：640 毫米×970 毫米　　1/16　　印张：9
版次：2025 年 6 月第 1 版　　　　　2025 年 6 月第 1 次印刷
字数：86 千字

定价：25.00 元

版权所有，盗版必究（举报电话：027—87679308　87679310）
（图书出现印装问题，本社负责调换）

# 目 录

- 001　统一中国
- 005　最长运河
- 009　隋末义军
- 013　太原起兵
- 016　玄武门之变
- 020　兼听则明
- 024　大唐战神
- 028　天可汗
- 032　玄奘取经
- 036　文成公主
- 039　中日首战
- 043　大唐药王
- 046　则天女皇
- 050　请君入瓮
- 053　朝堂砥柱
- 056　开元盛世

| | | | |
|---|---|---|---|
| 060 | 诗仙李白 | 064 | 诗圣杜甫 |
| 068 | 霓裳羽衣 | 072 | 天文僧人 |
| 075 | 盛唐画家 | 079 | 鉴真东渡 |
| 082 | 玄宗怠政 | 086 | 安史之乱 |
| 091 | 颜氏兄弟 | 095 | 张巡守城 |
| 099 | 平息战乱 | 103 | 力挽狂澜 |
| 107 | 江州司马 | 111 | 藩镇割据 |
| 115 | 茶圣陆羽 | 119 | 元和中兴 |
| 124 | 甘露之变 | 128 | 朋党之争 |
| 132 | 黄巢起义 | | |

## 统一中国

从西晋末年开始,中国经历了分裂和动荡的漫长时期,先后出现了众多政权和割据势力。政权更迭频繁,给百姓生活带来了巨大的破坏和苦难。历史之河流向南北朝时期,持续一百六十九年。

到了大象二年(公元580年),以长安为都城的北周政权控制着北方地区,长江流域以南地区则由以建康(今江苏南京市)为都城的南陈政权控制,另外在江陵(今湖北荆州市)还存在一个名为西梁的小政权。

西魏大统七年(公元541年)六月的一个夜里,一名男婴诞生在冯翊(píng yì,今陕西大荔县)般若寺,家人为其取名为坚,小名那罗延。他是西魏大功臣杨忠的儿子,长大后继承了父亲的随国公爵位,并被任命为大将军。北周末代的数位君主不思朝政之事,更有北周宣帝为了在后宫夜夜笙歌、醉生梦死,竟然将皇位传给六岁的儿子。公元580年五月,杨坚被任命为大丞相,如同三国时期的诸葛亮一样,临危受命,辅佐年幼皇帝执政。

北周的重臣尉迟迥以及皇室诸王,看到杨坚独揽大权心中不忿,于是聚集十余万兵马向长安进攻。杨坚出兵打败了尉迟迥,并先后消灭了其他反对力量。大定元年(公元581年)二月,杨坚由随国公晋封为隋王;同月,由于杨坚众望所归,北周静帝下诏将皇位让给杨坚。于是,杨坚在临光殿即位,定国号为"隋",也就是历史上的隋文帝,并改元开皇。公元581年,也就是开皇元年。

杨坚于即位后的第二年开始营造新的长安城,即在老城东南方向的龙首山建筑名为"大兴"的新城,使其成为最大的国际化商业都市;农业生产中实行"均田制"和"租庸调法",激发了农民的生产积极性;统一度量衡和货币,并科学编制户口。通过这些举措,隋朝的生产力得到极大的提高,人口也大幅增长。

开皇七年(公元587年),隋文帝觉得时机成熟,就在九月下诏废黜西梁皇帝萧琮。西梁政权由于体量较小,其在成立之初就是北周政权的附庸,现在取代北周的隋朝宣布将其废黜,西梁当然不敢反抗,从此灭亡。

开皇八年(公元588年)十月,杨坚决定发动攻灭陈朝的战争,任命次子杨广为尚书令,集合了五十二万大军。隋朝的名将杨素、韩擒虎、贺若弼等人率领各路大军在杨广指挥下,东自海边,西起巴蜀大地,开始全线向南攻击。

面对隋军的大举进攻,陈朝皇帝陈叔宝过于轻敌,没有意识到危机,他不做任何应战准备,反而自我安慰说:"王气在我建康城中,以前许多人前来侵犯,都被一一挫败,他们能奈我何?"陈朝大臣也附和道:"长江天堑,敌军难道能飞渡过来吗?"

陈朝君臣在那里得意的时候,贺若弼和韩擒虎率领的隋军已经先后渡过长江,并且很快包围了建康城。陈叔宝刚才还在说着大话,眼看隋军包围过来,顿时六神无主,只得在宫中日夜啼哭。其实陈朝有着相当强大的军事实力,仅仅建康城中就有十余万大军,大可与隋军一战。但皇帝已经乱了方寸,建康城的防守也就没有了章法,隋军很快就攻入城中,

陈叔宝被俘。建康城被攻破的消息传了出去，长江沿线的陈朝军队知道大势已去，纷纷向隋军投降。陈朝灭亡，分裂了近三百年的中国从此统一。

从东晋到陈朝灭亡，其间二百七十二年间，由于南朝刑法废弛、管理粗疏，岭南（指五岭以南的地区，大体包括广东、海南、香港、澳门、广西和云南东部、福建西南的部分地区）等地没有得到有效治理，当地豪强趁势割据。现在隋军攻破建康，岭南的豪强闻讯，纷纷起兵叛乱，自立门户，宣称不服从隋朝的统治。开皇十年（公元590年），杨坚派出大将杨素率兵讨伐岭南。杨素自建康兵分两路，一路沿着东南海岸，一路从中路山区杀往泉州（州府在今福建晋江市），然后再扫平岭南地区，彻底平定江南，使各个州县真正纳入隋朝统治，真正实现南北彻底统一。

杨坚顺应大势，极有魄力地结束了自魏晋南北朝以来长达三百多年的分裂局面。他在位二十三年，大力发展经济、修缮运河、增强国力、改善民生，为中国的经济兴盛和文化发展作出了重要贡献，是中国历史上了不起的大人物。

## 最长运河

你知道中国历史上最长的运河是谁主持修建的吗？答案是杨广。他是隋文帝杨坚的第二个儿子，隋朝的第二任皇帝，谥号隋炀帝。一起来看看隋炀帝和最长运河的故事吧。

大业元年（公元605年），隋炀帝迁都洛阳，为此他下令重修东都。一方面，从长安到洛阳，若是走陆路，山高路远，路程艰辛。隋炀帝忍受不了颠簸之苦，于是下令修通水路。另一方面，新建东都需要将大量奇材异石运到洛阳（陆路运送一根巨木要上千人来拉），又要用海内的嘉木异草、珍禽奇兽充实林苑，同样需要一条沟通南北的水路。于是，一条沟通中国古代南北交通的大动脉开始动工。

这条大运河跨越十多个纬度，穿过今天的北京、天津、河北、山东、河南、安徽、江苏和浙江八个省市，沟通海河、黄河、淮河、长江和钱塘江五大水系，将沿线的自然河道、人工沟渠巧妙连接起来，其中水流落差需要精确计算，所以这条运河的总体设计有极高的科学性。

隋文帝曾于584年（开皇四年）集合人力自长安大兴城西北引

渭水，然后顺着汉代的漕渠故道向东流淌，到潼关汇入黄河，全长三百余里，名为广通渠，后改名为永通渠。通过永通渠和黄河，长安到洛阳的水道得以打通。可隋炀帝认为永通渠的河道太窄，需要疏浚，于是征发数十万民工疏通河道，同时还挖了一条数百里的壕沟，用来护卫京城。

大业元年三月，隋炀帝征发一百余万人开始修建通济渠。通济渠从洛阳西苑引谷水、洛水到黄河，再从板渚（今河南荥阳市东北）引黄河水往东南方向流淌，经过今天河南的荥阳市、郑州市、中牟县、开封市、杞县、宁陵县、商丘市、夏邑县和永城市，再经过今日安徽的淮北市、宿州市和灵璧县，最后到达今日江苏盱眙市北，并由此进入淮河干流。同年，隋炀帝又征发淮南民工十多万人疏浚山阳渎（即春秋时期始开凿的邗沟），引长江水经扬子（今江苏仪征市）到山阳（今江苏淮安市）与淮河沟通。这样就将通济渠与山阳渎连成一体，全长两千多里，整个工程用时六年，通济渠也就成为沟通黄河、淮河和长江的重要通道。

大业六年（公元610年），隋炀帝又下令开凿江南运河，即从京口（今江苏镇江市南）至余杭（今浙江杭州市）流入钱塘江，全长八百余里。

如此一来，从长安乘船经过永通渠到达洛阳，再沿着通济渠、山阳渎和江南河，即可船行到达钱塘江出海口，江南的粮食、巨木、奇石就可以轻松运往两都。

通济渠修建之时，隋炀帝下令从长安到江都（今江苏扬州市）修建离宫四十余座,并且在渠的两边修筑工整平坦的御道、种植杨柳树;当通济渠修通之后,隋炀帝立即在洛阳登上"高四十五尺,长二百丈"的龙舟,随带几千艘舳舻南巡江都,船队长达二百余里,场面非常壮观。

隋炀帝看到通济渠即将修通,又决定在黄河以北再修建一条大运河,即永济渠。大业四年(公元608年),隋炀帝征调河北诸郡百余万民工,自黄河的沁河口(今河南武陟县嘉应观镇,黄河对岸即是通济渠的渠首板渚)开始修起,利用汉代修建的屯氏河古道、三国曹操所开的白沟古道,当年即将永济渠修成。永济渠自沁河口向北,经过今天的河南新乡市、卫辉市、滑县和内黄县,再经过今天的河北魏县、大名县、馆陶县、临西县和清河县,山东的武城县和德州市,河北的吴桥县、东光县、南皮县、沧州市和青县,抵达今日天津市;然后自天津市折向西北,到达涿郡(今北京市),全长一千九百余里。

南北两条大运河修通之后,它们通过黄河连接在一起,成为一条全长四千余里的水上大动脉。自此开始,南北的物资可以运输通达,商旅也日益繁荣。仅在隋炀帝统治的岁月中,江南已经成为重要的粮食供应基地,可以保障两京的日常用度。后来隋炀帝数度讨伐高句丽,大量物资又可以通过永通渠运往北方,为讨伐大军提供物资支持。

隋炀帝修建大运河的本意是为了满足自己骄奢淫逸的生活,他穷兵黩武、劳民伤财,给百姓造成了极大痛苦。但大运河沟通了中国南北交通，催生了运河沿岸的繁荣城市，推动了中原文化、北方游牧文化和南方水乡文化的交流，实现了中华文化的多元化发展，促进了民族之间的融合与交流。

## 隋末义军

隋炀帝为了满足骄奢淫逸的生活，下令在全国各地大兴土木。为了完成浩繁的工程，需要征集大量的民工。据统计，在隋炀帝在位的十余年里，营造东都洛阳每月需要两百多万人，开凿大运河征发了三百多万人，修建长城调发丁男一百二十万余人，总计被征发的劳役者不下一千万人（当时全国人口仅五千余万人），且因为工程时间要求太急，许多人在艰苦的劳作中丧生。

隋炀帝执政期间，三次进攻高句丽。每次战争需要出动一百多万士兵和随行二百多万民夫，还要大量消耗粮食和军用物资，给国家带来了巨大的负担。民众被无端征发劳役，怨气日益加重，矛盾僵持不下。整个隋朝变成了一个巨大的火药桶，等待有人来举起火炬点燃。

这个火炬于大业九年（公元613年）六月被杨玄感点燃。他是功臣杨素的儿子，被封为楚公，当时在黎阳（今河南浚县）负责东征高句丽的粮食调度。

杨玄感看到天下百姓苦于劳役、民怨沸腾的局面，决定利用民

心思变的情势，起兵推翻隋炀帝的统治。他发动运送粮草的八千民工起义，很快占领周边的卫州（今河南卫辉市）、怀州（今河南沁阳市）等地。随后，杨玄感挥兵进攻东都洛阳，队伍也发展到十余万人。隋炀帝得知杨玄感起义的消息，立刻停止进攻高句丽，带领大军围攻杨玄感。经过一番鏖战，杨玄感兵败被杀。杨玄感起兵之后，余杭农民刘元进立刻举兵响应。此后两三年间，起义浪潮席卷全国，义军多达一百余支，人数达百万之众。

这些起义军在同隋军的作战中，逐渐从分散走向联合，形成三支强大的起义军：河南的瓦岗军，河北的窦建德军和江淮的杜伏威军。

瓦岗军是三支农民起义军中最强的一支，东郡（今河南滑县）人翟（zhái）让于大业七年（公元611年）率众起义，早期聚集在瓦岗寨

（今河南滑县南）内，因此名为瓦岗军。

周边的农民纷纷加入，瓦岗军队伍逐渐壮大，一些隋朝官吏及习武之人如李密、单雄信、王伯当、徐世勣等人相继来投。公元616年（大业十二年），翟让接受李密建议，率军攻下荥阳门户金堤关和周围属县，直接威胁隋朝的东都洛阳。同年十月，隋炀帝调集重兵来攻，瓦岗军采取诱敌深入的战术，将来犯隋军全部歼灭，主将张须陀（tuó）也被杀死。荥阳大捷威震全国，瓦岗军随后继续扩大战果，进而控制河南的大部分郡县。

贝州（今河北故城县）人窦建德集合周边的农民，在高鸡泊（今河北故城县西南）发动起义，队伍很快发展到一万余人。大业十二年十二月，隋将郭洵率军前来进攻。窦建德采取奇袭战术，大败来犯隋军，缴获数千匹战马，并斩杀郭洵。此后，窦建德在乐寿（今河北献县）称长乐王，建立了农民政权，所属队伍扩大到十余万人，又全歼了隋将薛世雄率领的三万人马，占领了河北大部分郡县。

齐州临济（今山东济南市章丘区）人杜伏威和辅公祏（shí）年轻时就是好朋友，两人由于家贫，只好在山林中干些抢劫的勾当为生。大约在公元613年，两人看到杨玄感率兵攻打洛阳，于是在长白山（今山东济南市章丘区东北）率众起义，不久带领起义军向淮河地区转进。先后进攻江都、高邮（今江苏高邮市西北）、历阳（今安徽和县），大败隋朝派来的讨伐队伍，成为江淮之间最重要的一支起义军。大业十三年（公元617年），杜伏威自封为总管，任辅公祏为长史。

经过八年的浴血奋战，三大农民主力军先后消灭了张须陀、薛世雄、宇文化及率领的三支隋军主力，瓦解了隋朝的统治根基。

公元617年，隋朝的唐国公、太原留守李渊看到长安成为一个孤岛，于是在晋阳（今山西太原市）起兵，一举拿下长安，为取得全国政权奠定了基础。

## 太原起兵

当全国起义队伍蜂起的时候,隋炀帝正乘着大船沿着大运河往江南游玩,因为起义军的阻隔,被困在江都无法返回京都长安。

隋炀帝巡游江都之前,任命唐国公李渊为太原留守,李渊也就成了并州(今山西大部)的最高军政长官。

李渊出身于贵族家庭,祖父李虎在北魏时候被授予唐国公的爵位,父亲李昞(bǐng)沿袭下来。到了隋朝,隋文帝承认这个爵位,李渊就继承了唐国公的爵位。李渊还是皇亲国戚,他的姨母独孤氏是隋炀帝的母亲,所以按亲戚论,隋炀帝还要称呼李渊为表哥。因为这些原因,隋炀帝对李渊还是倚重的。并州的马邑(今山西朔州市)向来是抵御北方游牧民族突厥人的重镇,隋炀帝派李渊担任太原留守,是期望他能抵御突厥,保卫京都长安。

由于要抵抗游牧民族突厥人的侵扰,太原常备有数万人的军队,其中还有一支能够冲锋的马军。李渊看到全国义兵蜂起,他就派儿子李世民以及刘文静、刘弘基、长孙顺德等人大肆扩军。

太原副留守王威和高君雅对隋朝很忠心,他们看到李渊以防备突厥的名义招兵,却用了一帮心腹在那里忙乎,于是起了疑心。两人密谋以到晋祠祈雨的名义诱骗李渊父子前往,然后设伏除掉他们。不料这一密谋被晋阳乡长刘世龙获悉并向李渊告密,于是李渊先下手为强,以二人勾结突厥的名义将他们逮捕并斩杀。

大业十三年(公元617年)七月,李渊在太原誓师起兵。他自称大将军统率中军,长子李建成统领左军,次子李世民统领右军,另派第四子李元吉镇守太原,随后带领三万甲士杀往长安。

李渊大军行进到贾胡堡(今山西灵石县西南)时天降秋雨,道路泥泞难行,大军只好停止前进,很快军粮短缺。这时候,后方又传来突厥人要进攻太原的谣言。李渊在裴寂等人的劝说下,下令大军后队变前队,回援太原。

在这个危急关头,李世民不顾大雨滂沱,夜闯李渊营帐苦苦劝说其不要听信谣言,继续进军长安。李渊最终接受了李世民的意见,下令继续向长安进发。两天后,天气转晴,大军拔营离开贾胡堡。

隋军在霍邑(今山西霍州市西南)驻扎有三万兵马,由隋将宋老生统领。李渊先以轻骑打头阵,然后假装示弱且战且退。宋老生上当后领兵突进,李建成和李世民的左右军就悄悄地绕到隋军阵后掩杀,结果打得宋老生措手不及,兵败被杀。随后,李渊挥兵占领霍邑,继而进军临汾(今山西临汾市南),攻克绛郡(今山西新绛市),直抵龙门县(今山西河津市)。

李渊一路招兵买马,队伍此时已经扩大到二十余万人。大军渡过黄河后,李渊下令兵分两路,命李建成、刘文静率军屯于永丰仓

（今陕西华阴市东北），扼守潼关防备东方之敌，并寻机向长安进发；命李世民、刘弘基率军沿着渭水北岸向长安前进。这样，李渊大军对长安就形成了夹击之势。大业十三年十月二十七日，李建成和李世民率军分别从城东和城北发起进攻。十日后，李氏兄弟一举拿下了长安城。

可是在攻下长安之后，大权在握的李渊并没有自立为帝，而是拥立隋炀帝的孙子代王杨侑（yòu）为皇帝，自己则以唐王、大丞相的身份统管军国大政。

李渊之所以这样做，只不过是效法曹操的做法——挟天子以令诸侯！而困居江都的隋炀帝杨广已然失去对整个国家的控制，一副亡国之君的颓废之态，依旧过着醉生梦死的生活。他感到自己末日即将来到，好多次摸着脖子对着镜子自照，对皇后萧氏和近臣说道："好头颈，谁当斫之？"

一年后，也就是大业十四年（公元618年）三月，隋朝大臣宇文化及见隋炀帝的拥护者越来越少，且天下已四分五裂，于是发动兵变勒死了隋炀帝。到了六月，隋炀帝被宇文化及勒死的消息传入长安，李渊就指示杨侑将皇帝之位让给自己。甲子日（六月十八日），李渊在长安太极殿即皇帝位，国号为唐，建元武德，定都长安，也就是后世所称的唐高祖。李渊建唐后，立李建成为皇太子，封李世民为秦王，李元吉为齐王。

## 玄武门之变

玄武门之变是李世民发动的夺取皇帝之位的政变。

李渊和原配妻子窦氏生有四个儿子：长子李建成、次子李世民、三子李玄霸（早逝）、四子李元吉。

李渊在建立唐朝的过程中，他的三个儿子建成、世民、元吉助力颇多，其中又以李世民的战功最为显赫。他先后主持了浅水原之战、并州之战、虎牢关之战、洛阳之战，使唐王朝控制了中原土地，真正意义上成为一个全国性的政权。

李世民渐渐开始觊觎（jì yú）哥哥李建成的皇太子之位。武德七年（公元624年）夏天，李渊带着李世民、李元吉和一众嫔妃到长安北面的仁智宫避暑，只把太子李建成留在都城长安，让他代替自己处理军国大事。在李渊一行到达仁智宫不久，突然有人传来密报，说太子李建成联合庆州都督杨文干密谋反叛，太子正在给叛军运送铠甲。

这事其实是李世民暗中策划的，妄图嫁祸李建成。因此，兄弟俩的矛盾从此公开化。

李建成先是将李世民身边的谋士全部调走,譬如李世民的左膀右臂房玄龄和杜如晦,并说动李渊亲口下令,若这两个人私下去见李世民,就犯了死罪;至于那些武将,李建成采取利诱、威逼等手段进行分化,如赠金银珍宝给段志玄和尉迟敬德,利诱不成又编造罪行下在狱中严刑拷打;还说动李渊取消李世民的出征典兵权,这样顺势就将李世民和跟随他的将领们分离开来。

武德九年(公元626年)六月,突厥人进犯边关,李渊任命李元吉为此次战事主帅。李建成和李元吉私下密谋,待大军出征在郊外的昆明池饯行的时候,设伏刺杀李世民。

李世民得知了他们的密谋,急忙进入长安宫城(古代皇帝办公和休息的地方)找李渊哭诉。李渊将信将疑,他知道这几个儿子不和,但也不至于到兄弟相残的地步,便答应第二日早朝时候当面对质。于是,第二日即六月四日,著名的玄武门之变就在这日凌晨由李世民发动了。

宫城四周共有十一个门,按照中国古代的神话传说,分别由四种神兽镇守四方,即"东苍龙,西白虎,南朱雀,北玄武"。所以宫城的北方正门被命名为玄武门,李建成和李元吉上朝入宫时要经过这里。李建成作为太子,负责宫廷的保卫工作,玄武门因为位置重要,这里驻扎有卫兵,李建成派自己的亲信下属常何作为玄武门的领班将领。

可李建成不知道常何已经被李世民策反。这日凌晨时分,常何悄悄打开玄武门放李世民等人进入。李世民领人前往临湖殿中埋伏。到了上朝时候，李建成和李元吉结伴而来，他们的随行人员被挡在玄武门前。李建成觉得常何是自己的人，也就一点疑心都没起。

李建成和李元吉骑马来到临湖殿前，发现有人埋伏，立即拨马调头狂奔。李世民挺身击马追赶并大声叫喊，一箭将李建成射死；尉迟敬德将李元吉射杀。

李渊此时带着几个大臣在宫内的海池里划船，忽然听见玄武门方向人声嘈杂，又见尉迟敬德带领几十个全副武装的甲士来到池边，惊问道："北面乱糟糟的，有什么情况？你手提长矛，想干什么？"

尉迟敬德回道："太子和齐王造反作乱，秦王举兵将他们斩杀。秦王怕惊动了皇帝陛下，特派臣等前来贴身保卫。"

皇帝驾前不许臣下手持兵刃，这帮气势汹汹的武人来到这里，分明不是护卫，而是赤裸裸地恫吓。果然，尉迟敬德向李渊提出要求："请皇上马上写诏书宣布由秦王处置眼前大事，并让太子和齐王的下属立即投降。"

李渊这时候六神无主，只好问询身边大臣的意见。当时围在李渊身边的数名大臣中多数心向李世民，他们纷纷劝道："建成和元吉对唐朝建立功劳甚小，他们嫉妒秦王的功高，所以今日预设奸谋。秦王的功勋日月可鉴，请陛下早下诏书，从此将军国大事委托秦王处置。"

李渊心里恼怒，本想开口斥责，但看到尉迟敬德在那里作势要拔剑威逼，他只好长叹了一口气，当即下达诏书，立李世民为皇太子,并表示自己年纪大了,今后没有精力再主政,凡军国大事,都由皇太子李世民处置。事实上,李渊从此以后没有了自由之身,被李世民软禁在深宫之中。

又过了两个月,李渊识趣地将皇帝之位让给了李世民,自己成了太上皇,从此退出了唐朝的政治舞台。

武德九年八月,李世民进行了登基仪式,他这年二十八岁,成了中国历史上著名的唐太宗。次年,李世民将年号改为"贞观"。

## 兼听则明

贞观十七年(公元643年),大臣魏徵逝世,唐太宗悲伤地说道:"用铜当镜子,可以照见衣帽是不是穿戴得端正;用历史当镜子,可以知道国家兴亡的原因;用人当镜子,可以发现自己的过错。魏徵逝去,我就少了一面好镜子啊(夫以铜为镜,可以正衣冠;以史为镜,可以知兴替;以人为镜,可以明得失。朕常保此三镜,以防己过。今魏徵殂逝,遂亡一镜矣)。"

魏徵起初为太子李建成的属官,玄武门之变后,唐太宗听说魏徵以前经常劝谏李建成把自己安排到别的地方去,于是派人把魏徵带来,问道:"你为什么要离间我们兄弟?"

魏徵回答说:"太子若是按照我说的去做,就没有今日之祸了。"

唐太宗见魏徵说话直爽,没有丝毫隐瞒,于是赦免魏徵,并任命他为尚书左丞。

唐太宗有志建立盛世,多次召见魏徵询问自己为政得失。魏徵直言不讳,先后上谏两百多事,唐太宗全然接纳他的建议。魏徵说道:"皇帝高高在上,若他仅仅靠自己的力量来治理天下,肯定要产生很多错误。一个皇帝想要治理好国家,光靠聪明不行,还应该虚心倾听臣子的意见。广泛地听取意见就能明辨是非,偏信某个人就会昏庸糊涂(兼听则明,偏听则暗)。"

但是,魏徵提意见时全然不顾皇帝的面子,说话很直接。有一次,魏徵在长安西门看到有人在运送大木头,得知此木头要运往武功县做修缮庆善宫之用。魏徵就在朝堂上当着众人说道:"皇上说要崇尚俭朴,看来只是嘴上功夫啊。"

唐太宗回答说修缮庆善宫老宅是太上皇的命令。

魏徵继续说道:"现在庆善宫无人居住,稍加修缮就可以了,哪里需要大兴土木?"在魏徵的苦苦劝说下,唐太宗只好下令停止修缮庆善宫。

类似这样的劝诫,是魏徵的家常便饭。事情本来不大,但性质让魏徵说得严重无比,终于惹得想成为贤君的唐太宗大动肝火。

一次退朝后,唐太宗回到寝宫,气呼呼地对长孙皇后说道:"这个乡巴佬欺人太甚,我恨不得将他杀了!"

长孙皇后是一个贤明之人,她问明了原委,就转到后室穿戴好上朝的服装,拜道:"自古以来只有君主贤明,臣子才敢直言上谏(君明臣直)。魏徵能这样做,实在是陛下之福,我特向皇上祝贺!"

唐太宗明白要想创建盛世,就要克制自己的欲望,所以就容忍了魏徵的直率之言,不久将魏徵升为秘书监(相当于宰相)。

有一年春天,唐太宗想外出游春打猎,魏徵认为这样做不好,因而坚决进谏制止。可是皇帝也有玩心啊,现在既然不能出城游猎,

就在皇宫逗玩一下那只高句丽献来的海鹞，让海鹞扑击皇宫里的鸟儿也是有趣的。

唐太宗在那里玩得兴高采烈的，不料魏徵径直走过来奏事。唐太宗来不及将海鹞藏好，只好将它塞进自己的衣袖中。古人宽大的长衫，能将海鹞罩住。可是魏徵要说的事情挺多，唐太宗不好拒绝，只好耐心听完。待魏徵离开后，唐太宗取出海鹞，这只可怜的鸟儿已经被捂死了。

有一次，有人诽谤魏徵包庇自己的亲戚，唐太宗就派人去查，结果没有这回事。但唐太宗认为，魏徵不能远避嫌疑，以致遭受这些没有根据的诽谤。虽然没有私情，也应当受到责备，于是派人转达自己的意思。

魏徵当然不愿意无端被责备，他直接找到唐太宗说道："陛下这样做，就是让君臣离心，那么国家的兴衰就难以预料了。"

唐太宗一改怒容，严肃说道："我已经悔悟这件事了。"

魏徵又拜道："希望陛下让臣做良臣，不要让臣做忠臣。"

唐太宗闻言很奇怪，问道："忠臣和良臣有何不同？"

"良臣使自己获得美名，使君主得到美誉。而忠臣遭遇杀身之祸，使君主陷于愚昧、残暴的恶评。"魏徵说完，还以龙逢、比干为例来说明何为忠臣。龙逢是夏朝桀帝的贤臣、比干是商朝纣王的叔父兼亚相，两人因为进谏被杀，结果后世流传着帝王的恶名。

唐太宗被魏徵的话深深打动了，于是接受了他的谏言。

唐太宗开创"贞观之治"的盛世局面，离不开魏徵的直言进谏。

到了贞观十五年(公元641年)的时候,天下已经大治,民间"路不拾遗、夜不闭户"蔚然成风。魏徵又上了《十渐不克终疏》,列举了唐太宗在执政中十个方面的渐变,全面系统地总结了此时政事不如贞观之初的状况,疏中批评了唐太宗骄傲自满的情绪,提醒他执政要保持初心。

平心而论,唐太宗励精图治,严于律己,魏徵用尖刻的言语批评他,但唐太宗都虚心接受,还对魏徵大加恩赏,可见唐太宗身为一代明君的胸怀。

## 大唐战神

李靖自幼喜欢读书,熟读《孙子兵法》等兵书。但他长大后官运不佳,四十四岁时方才被任命为马邑郡丞。也是这一年,他发现自己的上司——太原留守李渊暗中招兵买马,有反叛迹象,于是想向隋炀帝告密建功。他将自己伪装成囚徒前往江都,但是到了长安,因为战乱,道路难行,只好暂作停留。

过了不久,李渊父子领兵攻下长安,告密未遂的李靖成了俘虏。李靖在临刑前看到李渊,就大呼道:"唐公要想成就大事,需要大量用人啊,难道就因为这点小事要把我斩杀了吗?"李世民知道李靖的才能,向李渊求情,李靖才幸运地保下命来,从此成为李世民的谋士。

李靖跟随李世民征战,参加了浅水原之战、并州之战和洛阳之战,为李世民出了不少好主意。随着李靖崭露头角,并经李世民的大力推荐,武德三年(公元620年),李靖被任命为唐朝南征大军的行军长史。李渊授命李靖临机决断,这意味着事实上李靖掌握着南征大军前线指挥大权。李靖先是攻占巴蜀之地,再击破自号梁帝的萧铣之军,一举为唐朝拿下长江中下游地区的广袤土地。随后挥兵杀向岭南,将长江以南的半壁河山收归唐朝版图。

从贞观三年(公元629年)十月到贞观四年(公元630年)二月,此时李靖任兵部尚书。唐太宗让他率领六路兵马共十余万人,向塞外的东突厥汗国发起军事进攻。一个月黑风高的隆冬雪夜里,六十岁的李靖亲自带领骁骑三千向东突厥的都城定襄进发,他们首先奇袭了恶阳岭关口,随后杀入定襄城。

此时定襄城里驻扎有突厥十余万大军,东突厥首领得知带队的是唐朝兵部尚书李靖,认定是唐军主力来袭,立刻落荒而逃。唐军乘胜追击,将东突厥人马逐入大漠。

此后唐军的数路兵马分头掩杀,将东突厥打得溃不成军,其首领退守铁山,然后派使者入长安向唐太宗请罪,恳请归附唐朝。其实这是他的缓兵之计,想等到春天草青马肥之时,逃到大漠以北休整一番,待恢复士气后,再和唐军战斗。

唐太宗就派大臣唐俭去安抚东突厥,大多数将领认为皇帝这样做,就不宜前去讨伐。李靖有不同的见解,说道:"陛下固然派人去安抚突厥人,但也没有给我们下达停止战斗的命令啊!现在正是用兵良机,但我们一旦进攻,唐俭等人肯定会遭遇危险,可与取得战争胜利相比,这毕竟是小节。"于是他选拔精骑一万,携带二十天的军粮,冒着严寒杀奔铁山。

由于唐军进军迅猛,又恰遇大雾天气,所以直到唐军前锋距离东突厥营盘只剩七里的时候,东突厥士卒才发现他们的踪迹。此役唐军杀敌一万余人,俘虏十几万人,缴获牛羊数十万只(头),东突

厥汗国彻底覆灭。因为唐军进攻迅猛，军士骁勇，突厥人无暇顾及唐俭等人，他们得以安全返回长安。

贞观九年（公元635年），六十五岁的李靖得知吐谷浑（tǔ yù hún）侵犯唐朝边境，顾不上足疾与年事已高，主动向唐太宗请求挂帅远征并得到准许。于是他出任西海道行军大总管，率领五路兵马征讨吐谷浑。此时正值寒冬腊月，他一路踏着冰雪，风餐露宿，率领唐军冲锋陷阵，在库山与吐谷浑厮杀，首战告捷。

狡诈的吐谷浑首领一面率军往西撤退，一面令人纵火把野草烧光，以断绝唐军粮草。李靖决定不给敌人喘息的机会，下令兵分两路，先后于曼头山、牛心堆、赤水源取得数战胜利。他用缴获的大批牛羊充作军粮，克服了种种困难,继续深入荒漠两千余里,终于在乌海追上了伏允可汗并大败其军,使吐谷浑成为大唐的属国。

由于李靖战功卓著,唐太宗赐予他许多荣誉。李靖官至开府仪同三司(属于文官的最高官阶),被封为卫国公,名列凌烟阁功臣第八位。

李靖一生征战,积累了大量实战经验,他将这些经验总结起来,写成了兵书《李卫公兵法》三卷。中国古代数千年的历史中,涌现出了许多著名的战将,但是仗打得好,又能写兵书的人,仅有孙武、吴起、孙膑、李靖、戚继光等寥寥数人。晚唐以后,李靖逐渐被神化,被追封为太保、灵显王、忠烈王等神职,传说中还把他演绎成玉帝的近臣托塔李天王,也就从战将化为战神了。

# 天可汗

天可汗是唐代北方少数民族对唐太宗李世民的尊称,意思是天下人共同的君主。

李渊建立唐朝统一全国的时候,边疆少数民族势力强大,自东往西有许多少数民族部落政权。这些部落政权除了占领广大的土地以外,还经常利用他们强大的骑兵侵入唐朝边境,烧杀抢掠。

贞观三年(公元629年),唐朝国势有所恢复,而东突厥汗国内部则互相争斗、各怀鬼胎。唐太宗看到时机成熟,派出六路大军,命兵部尚书李靖为统帅,向东突厥汗国发起了全面攻击。次年的四月,颉利可汗被俘,东突厥汗国彻底覆灭。唐太宗很满意这次战争的胜利,感叹道:"只有我大唐强盛了,才能有真正的安宁!"

贞观十年(公元636年),唐太宗调集五路大军征讨吐谷浑获胜,使吐谷浑成为唐朝的属国。这样就打通了"丝绸之路"的重要通道——河西走廊(今甘肃西北部祁连山以北,合黎山以南,乌鞘岭以西,甘肃和新疆交界线以东,长约一千公里,宽数公里至近二百公里不等的广阔平原,是中原通往西域的要道)。此后,为了彻底打通"丝绸之路",唐太宗又于贞观十四年(公元640年)发动高昌之战,将伊州(今新疆哈密市)、西州(今新疆吐鲁番市一带)收归大唐版图,迫使西突厥势力向西迁移。

唐朝强大的国力和军事攻势,震慑了各个少数民族。他们纷纷向唐朝派出使者,表示愿意归附。之后每年的元日(今天的春节),这些部落的首领要前往长安拜见唐太宗。

当这些首领沿着庄严宽广的朱雀大街,向巍峨气派的承天门行进的时候,他们深切感受到了唐朝无与伦比的强盛。他们拜见唐太宗时纷纷致以热烈的颂词,唐太宗赐宴赐物。在盛会上,唐太宗还有一项重要的事务,就是要调解各部落间的纠纷。

有一次,同罗部落首领当场向唐太宗告状:"仆骨部此前多次侵入我部草场,陛下去年已经斥责过了,但好了一阵之后,他们又重复旧态。"

唐太宗就转问仆骨首领道:"是这样吗?"

仆骨首领进行了一番辩解。

"你们莫非依仗人多就想欺凌同罗部吗?我再次重申,你们若想要同罗部的牧草,须用牛羊去换,若是硬抢,必须赔偿!"唐太宗还让另外一个大部落薛延陀进行监督。

仆骨首领只好应允下来。

薛延陀是诸部落中势力最强的,唐太宗让他承担监督者身份,其首领不免得意。他待唐太宗将调解部落纷争的事儿办完,起身奏道:"陛下,臣等刚刚议论过了。臣等以为用皇帝的尊号,不能够表达对陛下的尊崇之情，还要用别的尊号为好。"

自古以来皇帝即为天子，可谓尊崇无比，唐太宗很纳闷，就笑问道："还有何种尊号呀？"

薛延陀首领道："中土百姓知道皇帝，而臣等辖下只知道可汗。陛下为天下共主，因此用尊号'天可汗'可否？"

"天可汗？"唐太宗听到这个奇怪的名字，不禁哑然失笑，"我为大唐皇帝，足不出中土，如何能够代行可汗之事？罢了，还是照旧吧。"

座下众多首领纷纷起身进言，有的人说若称呼"天可汗"可以体现天下一体，更有人说唯有"天可汗"才有册封可汗的资格。唐太宗看到他们发乎真情、出自真心，也就接受了他们的建议。

事后，有司刻制了"天可汗皇帝"字样的印玺，凡是事关西北诸部落的公文，都加盖这枚印玺。

也是在这次集会上，回纥部首领向唐太宗告状，说向天可汗进贡的时候，因为要经过薛延陀的地面，进贡物品常常被不明身份的人抢夺，因此建议大唐要建一条安全的驿道。他们还把这条驿道的名字想好了，就叫作"参天可汗道"。

唐太宗同意了这条建议。第二年，这条"参天可汗道"在大漠以北修成。这条道路全程数千公里，共设置了六十八个驿站。

这些少数民族部落大量归附唐朝，带来了大量人口和广阔土地，如何管理他们就成为一个大问题。唐太宗向大臣们征求意见后，决定采用"羁縻（jī mí）府州"的方法进行管理。

羁縻府州和唐朝的正州实行不同的管理模式,即在设置的羁縻府州里,唐朝不派出官吏,让当地的少数民族首领充任府州都督、刺史,由他们按照唐朝的规章制度进行自治管理。据不完全统计,唐代共设置了九百多个羁縻州,这些州统辖的土地要比唐朝本土面积大上好几倍。

## 玄奘取经

玄奘(zàng)本姓陈,名祎(yī),他十三岁成为沙弥(没有成人的佛门出家人),二十岁参加受戒仪式成为正式僧人,从此玄奘成为他的佛门法号。

玄奘受戒成为正式僧人之后,开始游历名山大寺拜访有学问的僧人,以增长佛学知识。他先是到成都、扬州、相州游历,最后到了京城长安。

玄奘在游学的过程中,逐渐发现众多名师对佛法的理解大为不同,有些观点甚至尖锐对立,这让他产生了困惑。玄奘在长安聆听了中天竺的僧人讲经后,了解到天竺著名寺院那烂陀寺(今印度比哈尔邦巴特那市境内)的佛学盛况,对其产生了热烈的向往。于是他向朝廷提出了出境游历申请,但当时"丝绸之路"处于断绝的状态,玄奘的请求理所当然地被驳回了。

恰在此时,关中平原遭受了严重灾祸,百姓们饥饿难耐,朝廷只好同意灾民们可以前往各地寻找活路。玄奘意识到有了前往印度游历的机会,他带着简单的行囊,混在西去的流民中,寻机通过唐朝的西出关口,从而以"偷渡"的方式向天竺进发。

玄奘借着夜色混过唐朝重兵把守的玉门关,遇到了一个熟悉西域地理的老人。老人送给玄奘一匹老马,可不敢小瞧这匹老马,因为这匹老马实在太特殊了,它曾往返于玉门关和伊吾(今新疆哈密市)之间多达十五次。

玄奘要想到达伊吾,必须通过眼前这片名为莫贺延碛(qì)的八百里戈壁。这里荒无人烟,人迹罕至,上无飞鸟,下无走兽,几乎寸草不生。玄奘在戈壁上行走了数日,一不小心将水袋弄坏了,携带的水全部倾洒无遗。真是让人心痛啊,水在戈壁可是比黄金还珍贵的东西呀!他忍着干渴,嗓子眼似乎要冒烟了。就这样又向前走了四天五夜,因为没有补充水分,终于支撑不住昏了过去。不知过了多长时间,他被夜晚的凉风吹醒,在茫茫戈壁冷得瑟瑟发抖。这时,那匹老马走上前来,示意玄奘牵着缰绳随后行走。他们摸黑走到一处隐秘的水源处,饥渴难耐的一人一马,终于痛饮了一番救命之水。于是，人和马都活了下来。他们最终通过戈壁到达伊吾，再向前就是高昌国的疆界。

高昌国国王麴（qū）文泰是一个虔诚的佛教徒，要求玄奘久住。玄奘拒绝后，麴文泰就变脸了，威胁若玄奘不从就将他遣送回国。玄奘无奈，只好以绝食相抵抗。麴文泰被玄奘的至诚所感动，就提出了放行的两个条件：一是和玄奘结拜为兄弟；二是玄奘求法归来后要在高昌停留三年，传授佛法。玄奘觉得这样的条件可以接受，就爽快地答应了。

麴文泰大喜，为玄奘的西行提供了很多帮助。如此一来，玄奘的西行不再是单打独斗，而是有国家支援的行动。这样，路途就变得顺畅起来。这一行人经过焉耆、龟兹等国，翻越葱岭，到达碎叶城，从吐火罗国（今阿富汗）进入克什米尔，然后到了北天竺。

后来明代作家吴承恩以玄奘的这一段经历为蓝本，创作了著名的神话小说《西游记》。书中唐僧所经历的九九八十一难，就是玄奘西行艰难经历的精彩演绎。

到了贞观五年（公元631年）秋天，玄奘终于抵达佛学圣地——那烂陀寺，并拜高僧戒贤法师为师。他在这里潜心学习梵语（天竺人的语言），研修各种佛学经典，不知不觉时间飞逝，五年已然过去。此后，他又到天竺各地游历，和高僧探讨佛学理论。在此期间，他的见识和佛学知识不断长进、精深。慢慢地，他的佛学知识已达到相当的高度。戒贤法师对玄奘深为赞许，并允许他在那烂陀寺里开坛讲经。

当时的摩揭陀国王曷利沙在五天竺中势力最强,人们尊称他为戒日王。他也是一个虔诚的佛教徒,由于玄奘的名声很大,戒日王就将玄奘请到摩揭陀国都城曲女城,让他讲经,撰写佛学著作,并让他主持了佛学无遮大会。

无遮大会上,在辩论中玄奘以精深的佛学知识打败了所有对手,成为天竺人心中佛学造诣最深的人。他获得了"大乘天""解脱天"的尊号。大会结束后,众人将玄奘抬到大象上游行,人们大声喊道:"东土的僧人很厉害啊!'大乘天'没有对手啊!"

贞观十七年(公元643年),玄奘已经四十八岁,他告别戒贤法师和戒日王,用数匹大象驮着满满的佛教经典、历史书籍和抄本,踏上了归途。贞观十九年(公元645年)元月,阔别故国十九年的玄奘回到了长安,他的行程共计五万余里。

玄奘回到长安后就开始着手翻译佛学典籍,共译出佛学经论七十五部。他还写出了自己的西行游记——《大唐西域记》。这部著作为后世研究中亚各国和印度历史地理,提供了第一手史料。如著名的那烂陀寺,就是当代印度人根据《大唐西域记》的描述找到了寺庙的遗址。

唐太宗非常佩服玄奘的勇气和学识,曾多次接见,还为玄奘翻译佛经提供了场所和人力,并为玄奘译出的经书写了序言。

# 文成公主

吐蕃是古代藏族在青藏高原建立的政权,自松赞干布至朗达玛共传位九代赞普(吐蕃首领的称号),延续了两百多年。

松赞干布(又名弃宗弄赞)生于大业十三年(公元617年),十二岁时继承了父亲的赞普之位。当时的青藏高原上小国林立,松赞干布用了十余年时间,逐个征服各个小国,最终统一青藏高原。他将国都迁到逻些(今拉萨市),建造了布达拉宫,创建了古代藏族文字,统一度量衡。可以说松赞干布是完全统一的吐蕃王朝开创者。

贞观八年(公元634年),吐蕃北部和东部疆域已经和唐朝的疆域接壤。这个时候,唐朝在唐太宗的带领下,国力强盛,声威远振。松赞干布对大唐产生了仰慕之情,就派出使者远赴长安向唐朝示好。唐太宗也很重视,派出使臣冯德遐持书信前往逻些回访致意。

此时松赞干布得知,投降唐朝的突厥首领以及吐谷浑国王诺曷钵都娶了唐朝的公主(公主是皇帝的女儿,当与少数民族首领和亲时,一般是皇族的其他女子替代)为妻,他不免大为心热,派出使者跟随冯德遐前往长安城,写出表章向唐太宗求娶公主,但是唐太宗没有答应。

可这名吐蕃使者惧怕松赞干布的威严，回到逻些就向松赞干布编造了一个谎言，说道："小臣刚到大国（唐朝）的时候，大国皇帝对我很好，允许嫁公主。这时恰好吐谷浑王诺曷钵也来到长安，他不肯让赞普娶了大唐公主，就在中间挑拨离间，使得大国皇帝不许嫁公主。"

松赞干布信以为真，发兵攻打吐谷浑，诺曷钵抵挡不了，只好和妻子弘化公主逃到了唐朝。吐蕃大军还不罢休，又继续前进攻打唐朝的松州。

唐太宗大怒，派遣吏部尚书侯君集为统帅，带领五路大军共计五万余人反击。唐军主力还没出手，唐军将领牛进达率领的先锋就已经打败了吐蕃军。松赞干布大惧，率部退出松州和吐谷浑，并派遣其大论（宰相）禄东赞致礼谢罪，进献黄金五千两以及其他珍宝数百车，还再一次提出了迎娶大唐公主的请求。

禄东赞是一位机智聪颖、善于应变之人，他到长安城拜见了唐太宗（阎立本画作《步辇（niǎn）图》，记录了禄东赞朝见唐太宗的场景）。禄东赞在长安待了一年有余，传说中经过"六试婚使"的考验，最终取得了唐太宗的赞赏和信任，并许嫁公主。

这名公主被赐号文成，是唐太宗宗族中晚一辈的女儿，因为唐太宗派了他的堂弟李道宗（被封为江夏王，时任礼部尚书）为赐婚使，因此有人认为文成公主其实是李道宗的女儿。贞观十五年正月十五，文成公主在唐送亲使李道宗和吐蕃迎亲专使禄东赞的伴随下，一行人从长安出发。随同文成公主进入吐蕃的，还有许多侍女和工匠厨师。文成公主还随带了许多嫁妆，计有金银珠宝，潞绸绫罗，各种粮食、水果、药材、蔬菜、蚕的种子，以及儒家和佛教典籍。他们途经西宁，翻过日月山，长途跋涉到了河源附近的柏海（今青海玛多县境内的扎陵湖和鄂陵湖之间，是黄河源头所在地）。

松赞干布率领群臣在柏海迎接文成公主，他向李道宗行了子婿之礼，之后与文成公主同返逻些。松赞干布为文成公主筑城邑、立宫殿，文成公主不喜欢吐蕃人的赭（zhě）面习俗，松赞干布下令停止赭面习俗；自己也换下毡裘，穿上丝绸衣服，还派吐蕃贵族子弟到唐朝去学《诗》《书》，又请唐朝识文之人管理吐蕃的表疏。

从此之后，唐朝和吐蕃王朝保持着友好的关系，边疆也相安无事。唐太宗逝世的时候，松赞干布以女婿的礼节，派遣使者携带礼品前往长安吊唁，还亲自写信表示效忠新皇帝，并且表示"天子初即位，若臣下有不忠心的人，我当带领兵丁前去帮忙"。

松赞干布于永徽元年（公元 650 年）去世后，文成公主继续致力于汉藏两族的文化交流与和平相处。

## 中日首战

唐高宗李治刚刚执政的时候（公元660年前后），朝鲜半岛上有三个国家：高句丽国、新罗国和百济国。与这些国家隔海相望的岛国当时被呼为倭（wō）国，十年后才被称为日本。

新罗国和百济国处在朝鲜半岛的南部，两国互相攻伐不已。新罗国的力量较弱，眼看着抵挡不住百济国的攻打，新罗王便派出使者到长安向唐高宗求援。

唐高宗起初派出使者前往百济国，多次劝说百济王不要攻击新罗国，但百济王根本不听大唐的劝告。显庆四年（公元659年）春，唐高宗任命苏定方为元帅，领兵十三万东征百济国，新罗国也出兵五万助战。面对唐新联军的攻势，百济军战败。

倭国一直给予百济国大力支持，现在眼看百济国要灭亡了，心中实在不甘。当时，百济王的一个儿子侨居在倭国，倭国人就将这个王子送过朝鲜海峡，将他立为新的百济王。为壮声势，倭国先后派出两批三万余名士兵、战船一千余艘前往百济故地助战。

唐军攻灭百济国之后，唐高宗下令唐朝将士罢兵回国。将领刘仁轨却看到了危机，他向唐高宗上书道："现在这里人心不稳，唐军若尽数撤走，百济国容易死灰复燃，我们目前不宜撤兵。"

唐高宗认为刘仁轨的看法在理，便让他和刘仁愿领兵八千人，分别镇守原来百济国的两个城池。唐高宗得知倭国的大批舰船跨海助战，下令将领孙仁师率领水军五千人，乘坐战船一百七十艘渡过渤海到达百济沿海增援。

刘仁轨进行战争部署，让孙仁师、刘仁愿及新罗国王金法敏率领陆军向周留城（今韩国忠清南道舒川郡旧韩山邑）进发，自己则与归降的百济王子扶余隆率领水军，计划沿着朝鲜半岛东海岸进入白江，然后到达周留城与陆军会合。

白江，是朝鲜半岛上的熊津江（今韩国之锦江）入海处形成的一条支流。

刘仁轨率领的水军到了白江口，只见那里的水面上密密麻麻地停满了倭军的战船；江面上的两岸，还有数千的百济骑兵在那里驻扎。显然，为了阻止唐军进攻周留城，倭国和百济联军在这里设下埋伏，意欲歼灭唐朝水军。

刘仁轨令旗一挥，唐军的一百七十艘战船摆出战斗队形，严阵以待。

倭国有一千余艘船，此时唐军的战船数量处于绝对劣势。但是唐军战船名为海鹘（hú）战船，造得高大坚固，这种战船平衡性好，能在惊涛骇浪中平稳航行，且船舱被生牛皮围裹，能防止海浪破坏船体，亦能防火攻；而倭国的战船远看像是一只小蚂蚁，平稳性差，又不防火（这一点最要命），它们哪儿是唐军战船的对手呢？

龙朔三年（公元663年）八月二十七日上午，倭军看到唐军稳坐钓鱼台，实在忍耐不住，就一窝蜂地冲向唐军船阵，妄想以数量的优势，夺得战场上的主动权。

刘仁轨命令大型战船封锁河口中央，让快速战船分别置于河口两侧和主力战船两翼。这样中间开花，两翼策应包抄，一举吃掉了倭军的先锋船队。中日之战正式开打，唐军取得了首捷，大挫倭军士气。

第二日，两军整兵再战。倭军的领兵将领安昙比罗夫明白自己船小，认为采取缠斗和集团冲锋战法才有一线生机。于是他号令千船竞发，向唐军发起总攻，战争进行到白热化阶段。

刘仁轨指挥船队变换阵形，分为左右两队，将倭军围在阵中，士兵们张弓射箭，居高临下将近旁的倭兵射穿。

倭军舰船妄图冲出唐军的包围圈，无奈唐军的舰船太大，倭船根本冲不过去。战斗进行到了午后，唐军这时拿出了一件秘密武器，准备一招取胜。

只见唐兵两人一组，一人手执长弓，长箭的端头不是箭镞（zú），而是绑成一个浸满黑油的布团，另外一人手执火把将布团点燃，然后将这些点燃的布团射向敌舰。

很快，敌舰纷纷着火，只见浓烟滚滚，风助火势，竟然将周围的海水都映得通红。

先后有四百余艘倭船被焚烧，上面的人许多被烧死，未死的也纷纷跳到海水中,大多数又被淹死。

经此一役,倭国的千余艘战船被毁,三万多人的大军也基本被歼灭,倭国领兵将领安昙比罗夫战死。唐军取得大胜。

随后,唐军打扫了战场,战船列队进入白江,直抵周留城下,和孙仁师、刘仁愿及新罗国王金法敏率领的陆军会合,最后攻占了周留城,百济国从此灭亡。而中日首战,也以大唐完胜而告一段落。

## 大唐药王

唐朝成立不久后的一个秋天午后,长安城外的郊野上,行人很稀少,一群人敲锣打鼓簇拥着一具棺材,缓缓地走向墓地。

一位白发老人迎面走过,他突然发现,地面上有鲜血的印迹,观其模样,明显是从刚刚走过去的棺材里面滴出来的。

白发老人见血迹颜色鲜艳,急忙以手蘸血,放在鼻子边上闻了闻。他凝神片刻,返身追上出殡队伍,询问棺木中的死者到底是个什么人。

出殡的人有些不耐烦,觉得这位老人在耽误出殡时间。有几位上了岁数的人看到老人年岁甚长,出于礼貌,就简要介绍说棺中之人是一位产妇,因为难产失血太多而亡。

白发老人立即大声道:"她还没有死,我能救她。"

死者亲属将信将疑,最后还是相信了老人的话。他们急忙将棺木放下,然后撬开棺板,将产妇从棺中抬出。

白发老人从随身小包中取出银针,小心地扎入产妇身上相关的穴道。过了一会儿,只见产妇脸上慢慢恢复血色,微微睁开了眼睛。

白发老人此时已经做好了接生的准备，又过了一会儿，就听到婴儿的啼哭声音，一个男婴诞生了。

产妇家属喜极而泣，要知道这是两条鲜活的生命啊。

白发老人又开了一张药单，嘱咐产妇家属回家后取药为她调养。

这位白发老人已经七十多岁，他正是举世闻名的"药王"孙思邈。孙思邈生于公元541年，他年幼体弱多病，又遭遇风冷侵袭，染上了一种怪病。因为久病难医，竟然将家产用尽。

年幼的孙思邈因为有切身之痛，决心投身医学事业，致力于为人们减除苦难而努力。他七岁时已识千余字，此后可以诵读各种文化典籍以及《黄帝内经》《伤寒杂病论》《神农本草经》等古代医书；另一方面他亲自采集草药，研究药物学，同时广泛收集民间流传的药方，热心为人治病，积累了许多宝贵的临床经验。

孙思邈有着许多的医学创举，拥有二十四项"中国第一"。例如，他是倡导建立妇科、儿科第一人，诊治麻风病患第一人，系统、全面、具体论述药物种植、采集、收藏的第一人，首创地黄炮制和巴豆去毒炮制方法，发明导尿术第一人等。

永徽三年（公元652年），孙思邈已经一百多岁，他写了著名的医书《千金要方》。此书共计三十卷，内容包括对医德、本草、制药的详述，以及临床妇科、儿科、五官科、内科施治，另涉及解毒、急救、养生、食疗、针灸、按摩、导引、吐纳等学科，收集了从汉代张仲景时期直至唐代的临床经验，以及数百年的方剂成就和方剂用药，对唐代以前的中医学发展进行了一次很好的总结。《千金要方》作为中国最早的医学百科全书,对日本、朝鲜的医学发展也起到了积极影响。

又过了三十年,孙思邈又著成《千金翼方》三十卷。该书是对《千金要方》的全面补充,内容涉及本草、伤寒、养性、补益、中风、杂病、疮痈、色脉以及针灸等各个方面,收录、记载了八百余种药物及其采集和炮制方法等相关知识。

孙思邈除了替人诊病之外,还注意自身养生,他是中国历史上少有的长寿之人。他生于公元541年,逝于永淳元年(公元682年),享年一百四十一岁(孙思邈的年龄有争论,有五种说法,但都在百岁以上)。

唐代作为古代中国的全盛时期,医学研究也达到相当高的水平,孙思邈在其中贡献了很大的力量。孙思邈晚年隐居在他的家乡京兆华原(今陕西铜川市耀州区)五台山,人们为了表达对他高尚的医德和精湛的医术的尊敬,尊称他为"药王"。他所居住的五台山被改称为药王山,并在山上建立"药王庙"以示纪念。

## 则天女皇

中国古代历史上,真正取得国家权力又登上皇位的女人,唯有大名鼎鼎的武则天一人而已。

武则天十四岁时被唐太宗召入后宫封为才人(唐朝的一种嫔妃称号),唐太宗赐给她一个名字叫武媚。后来她当了皇帝,为自己造了一个字"曌"(zhào)作为名字。则天是她死后的谥号,后世就用"武则天"来称呼她。

武则天被封为才人后,不久就被唐太宗冷落了,大约是不喜欢她刚强、凶狠的性格,有一则故事可为旁证。

唐太宗得到一匹西域骏马,但这匹马性子刚烈难驯,众人无计可施。这时武则天对唐太宗说道:"陛下,我有办法制服这匹烈马!"

唐太宗问她有什么办法。

武则天道:"请陛下赐给我三样物件:铁鞭、铁锤、匕首。"

唐太宗问她有什么用。

武则天回道:"我先用铁鞭抽它,它若不服,可用铁锤砸其头,再不服,就用匕首刺其喉咙。"

唐太宗逝世之后，武则天被送出宫外，到皇家寺院感业寺当尼姑。武则天这时已经二十六岁，她和唐太宗没有子女，按常理应该在寺庙里度过余生。

但新皇帝唐高宗李治对武则天有着很深的印象，当李治为纪念唐太宗逝世周年而入感业寺进香时，和武则天相遇，两人互诉离别后的思念之情。不久，李治将武则天召入宫中封为昭仪（嫔妃的一种）。

武则天智谋过人，入宫后利用各种方法使李治逐渐疏远了他当时宠爱的萧淑妃，又将女儿之死嫁祸给王皇后，逐渐巩固自己在后宫第一人的地位。这个时候，李治想把武则天立为皇后，不料受到了朝中重臣们反对。

李治在武则天的鼓动下，先是将王皇后、萧淑妃废为庶人，立武则天为皇后；而后又将那些反对的重臣或诛杀或放逐。

武则天彻底巩固皇后之位后，对治理天下的事情产生了浓厚的兴趣。恰巧李治的风疾（属于高血压病症）发作，于是他让武则天代替自己处理朝政大事。武则天临朝，群臣称其为"天后"，将李治、武则天夫妻并称为"二圣"。

永淳二年（公元683年），李治病逝，太子李显即位，即后世所称的唐中宗。李显当了皇帝，不明白天下的事情其实是他的母亲武则天当家，结果惹恼了母亲，他的帝位被废，全家被流放。他的弟弟李旦被立为新皇帝。

武则天这时已经不满足幕后执掌朝政，她开始鼓励告密，任用了一批生性残忍的人充当司法官员，以达到谋夺李唐社稷，翦除唐

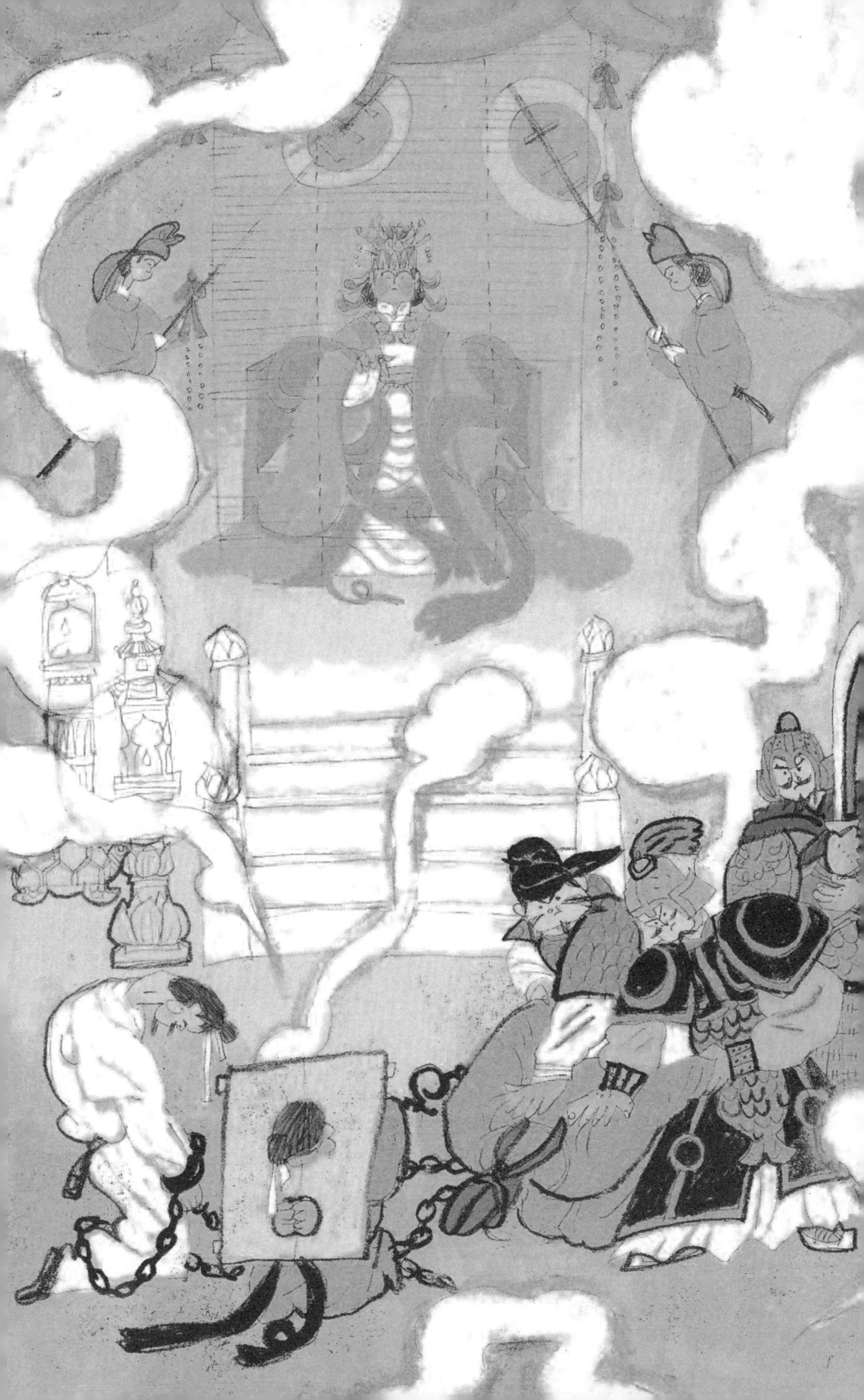

朝宗室的目的,先后杀掉了许多李唐宗室的人。

载初元年(公元690年)九月九日,武则天终于走到前台当了皇帝,在洛阳城登上则天门楼,宣布将国号改为周,定都洛阳。她命令天下人称呼自己"圣神皇帝",至于儿子李旦则由皇帝变为皇嗣,从此改为母姓。

为了巩固政权,武则天重点打击李唐宗室及名门士族势力。这样,她便在庶族中选拔官吏,为社会进步和经济发展创造了良好的人才条件。她的手下人才济济,如名臣狄仁杰、娄师德、张柬之等人,她甚至还给孙子唐玄宗李隆基储备了人才,如开元名相姚崇、宋璟、张说等。

武则天还注意整顿吏治,赏罚严明,承袭了贞观年间整顿吏治、严惩贪污的政策,保障了各种规章制度的顺利执行。但是,武则天作为女皇帝颠覆了人们的认知,她大肆屠戮反对者,在朝廷中实行"酷吏政治"。

李唐宗室的诸王先后在各地起兵,最轰动的一次是徐敬业、骆宾王等人在扬州起兵。他们召集了十余万人,骆宾王写下著名的《为徐敬业讨武曌檄》,其中历数了武则天的罪恶。

神龙元年(公元705年)正月,武则天重病卧床不起,宰相张柬之等人发动政变,逼迫武则天退位,将皇位交给李显。李显当了皇帝后,便恢复为李唐王朝,给武则天定尊号为"则天大圣皇帝"。到了这年十一月,武则天便病逝了。

## 请君入瓮

武则天当了皇帝后,面临着强大的反对势力。若想剪除这些反对势力,不能简单地把反对者拉出去杀掉或者流放,最好给他们安排一个合适的罪名。这样既师出有名,还可以糊弄天下百姓。

武则天下令制造铜匦(guǐ),起初这些铜匦放在洛阳宫城(紫微城)之前,用以接收官员的表疏检举。过了不久,武则天下令扩大检举范围,规定任何人都可以告密。

于是,天下大兴告密之风。一些人甚至挖空心思编造他人罪名,诬陷造谣成为常态。有了罪名,如何让当事者亲口承认呢?武则天还有下一步的妙法,就是找一批凶狠的人依照罪名对被告密人进行审讯。想让当事者亲口承认自己没有干过的事情,靠温和审讯是不成的,必须严刑逼供。于是,这些歹人发明出各种酷刑,人们称这帮人为"酷吏"。

武则天时代有十余个著名的酷吏,其中以索元礼、来俊臣、周兴和侯思止手段最狠,号称四大酷吏。

这些酷吏由于刑罚手段多样且凶狠,天下人闻其名不禁胆寒色变,见到他们后互相不敢说话,只好用眼神表达心意。许多官员们上朝时还好端端的,下朝后就踪迹全无,甚至可能株连全家,以至于官员早晨出门上朝之际,要和家人诀别,流泪说道:"不知道今日还能回家否?"

生活在告密者横行时代,没有一个人是安全的,这些酷吏们也未能幸免。某一天,有人向武则天告密,说周兴参与谋反。武则天很重视,就让来俊臣审理这宗案件。

这些酷吏们日常多有交流,来俊臣和周兴私下关系不错,来往密切。来俊臣接到任务之后,觉得周兴整日里浸淫在酷刑研究之中,不会像常人那样痛快地交代问题。于是他想出一个计策,派人请周兴来家里饮酒。

酒酣耳热之际,来俊臣忽然面现愁容,长叹道:"唉!现在审案子越来越困难了,那些犯人很倔强,个个都说冤枉。我最近没有新法子,审问犯人老是没有结果。"

周兴道:"那是你没有用对方法。"

来俊臣脸现谦卑表情,衷心请教道:"请问老兄,有什么绝招可以教我吗?"

周兴近来研究酷刑很有心得,看到眼前这个正当红的酷吏对自己如此谦卑,心中不免得意,传授道:"我最近刚刚发明了一种新方法,不怕犯人不招。先取来一个大瓮(一种腹部较大、上端开口的陶器)放在中间,四周堆满烧红的炭火,再把犯人放进去。很多犯人见了这种阵仗,先是尿了裤子,不用投入瓮内就主动招了。"

来俊臣听到这里，觉得这种刑具取材简单，自己家里就有，就借故离开酒席，招来下人令他们在偏院里布置起来。

过了一会儿，下人报告说事情已经办好了。

来俊臣就把喝得醉醺醺的周兴带到偏院，只见居中放了一只大瓮，四周堆满了通红的木炭。瓮体已经被烧得发烫，能听到瓮壁上有嗞嗞的声音。

来俊臣先是严肃说道："周兄，有人告你谋反，陛下特让我来问你，属实吗？"

见周兴不作声，来俊臣又长笑一声，朝着周兴深深一揖道："这是老兄发明的物件，也不知道好用不好用？这样吧，还是请君入瓮吧！"

周兴眼望通红的炭火，吓得酒也醒了，哪敢走入瓮内呢？他脸如死灰、冷汗直流，然后扑通一声跪倒在地，颤声说道："你要我招认什么，我就写出来认罪。"

武则天重用酷吏进行恐怖统治，是非常时期的非常手段。数年后，武则天的地位巩固后，她决定将酷吏们清除出政治舞台，如索元礼、来俊臣和侯思止等人皆被定罪杀掉。

武则天派监察御史严善思为主官，重点审理诬告者，共查出八百余个妄自诬告的歹徒，将他们绳之以法。此后，武则天又下令取消告密和刑讯制度，选拔任用德才兼备的人担任各级官员，社会生活才复归正常。

## 朝堂砥柱

狄仁杰是并州太原（今山西太原市）人，字怀英，通过参加科举考试进入官场。他起初从事法律工作，先后任汴州判佐、并州都督府法曹等职务。由于他坚持原则、以事实判案，遭到了一些当权者的嫉恨，这些当权者指示一些小官来诬告狄仁杰。多亏当时任河南道黜陟（chù zhì）使的大画家阎立本，他没有听信小人谗言，经过公正审查后，判定狄仁杰是一个德才兼备的好官员，于是就向朝廷建议重用他。

狄仁杰后来升任大理寺丞，负责全国司法工作。他一年内处理了大量积压案件，涉及一万七千人，却无一人喊冤，从此在朝堂内外拥有"神判"的名声。

武则天于公元690年称帝后，因娄师德的推荐将狄仁杰召回洛阳，任命他为地官侍郎（武则天将户部改为地官），并加授同凤阁鸾台平章事。这样，狄仁杰就成了宰相。

然而天有不测风云，狄仁杰正要大展身手的时候，那些善于罗织罪名的酷吏却盯上了他，将他下狱，由首席酷吏来俊臣亲自审讯。

狄仁杰深知酷刑的厉害,他了解当时有律法规定,一经审问当即承认谋反的人就可以免遭酷刑,因而当场认罪。来俊臣得到口供大喜,将狄仁杰等人收监。他不知道狄仁杰悄悄在布上写了书信塞在冬衣里,以天热的名义请求将冬衣送回家中。狄仁杰的儿子狄光远打开冬衣发现了其中的帛书,于是持帛书向武则天诉冤。

武则天看罢帛书,召来俊臣前来质问。来俊臣假冒狄仁杰等人的名义伪造了《谢死表》,并进行了一番诡辩。武则天决定亲自过问狄仁杰谋反案,她召见狄仁杰询问他为何承认谋反。狄仁杰回道:"我如果不承认谋反,恐怕已经死于酷刑了。"武则天又问为何要作《谢死表》,狄仁杰则称并未写过。武则天便让人拿出《谢死表》,方知道表章是伪造的,因此免去狄仁杰等大臣的死罪,全部贬为地方官。

狄仁杰被贬为彭泽(今江西彭泽县)县令。要知道当时落入酷吏之手,能活着出来的人实在稀少,他运用自己的聪明才智,从而避免了一场灾难。

过了几年,狄仁杰被武则天召回朝中,任命为鸾台侍郎(武则天改门下省为鸾台)、同凤阁鸾台平章事,就是恢复了他的宰相职务。狄仁杰根据新的边疆形势建议武则天调整国家政策,体恤民情安抚灾民,成为武则天的得力干将。

狄仁杰识人眼光奇准,他举荐张柬之的故事可以证明。某一次,武则天询问狄仁杰道:"我希望能找到一位杰出的人才委以宰相重任,狄公看谁比较合适?"武则天此时非常尊重狄仁杰,平时尊称他为"狄公"。

狄仁杰答道:"臣认为荆州长史张柬之有宰相之才。"武则天将信将疑,没有一下子将张柬之提拔为宰相,仅将他提升了一级,任为洛州司马。

后来,武则天又让狄仁杰举荐人才。狄仁杰回道:"我此前推荐的张柬之,陛下还没有任用呢。"

武则天道:"我让他担任洛州司马,已经升职了。"

狄仁杰道:"我所推荐的张柬之是可以任宰相的人才,不是仅仅任司马的。"

于是武则天先后任命张柬之为司刑少卿、秋官侍郎,不久又拜其为宰相。事实证明,张柬之是一位很称职的宰相。当狄仁杰年老去世后,他接替狄仁杰,在朝政中起到了中流砥柱的作用。

狄仁杰向武则天举荐了许多人才,由于他举荐的人才被任用为各级官员,人们赞誉狄仁杰"桃李满天下"。

狄仁杰还在延续李唐皇室的问题上起到了重要的作用。武则天采纳狄仁杰的建议,重新立儿子李显为太子,最终李唐王朝得以延续。

狄仁杰由于政绩卓著,武则天愈发敬重他,从来不直呼他的名字,而是以"狄公""国老"相称。狄仁杰病逝后,武则天流泪道:"朝堂上从此空荡荡了!老天为什么要这么早夺走我的国老!"

# 开元盛世

唐玄宗李隆基是唐高宗李治和武则天的孙子,是唐睿宗李旦的第三子。

李隆基当上皇帝之后,把年号改为"开元"。由于前朝唐中宗和韦皇后的糟糕统治,他接手的国家是一个烂摊子:官场腐败堕落,官员贵族奢侈成性,农田被豪族大量兼并,百姓生活水平大幅下降。为了改变国家面貌,救百姓于水深火热之中,李隆基下令要完全按照唐太宗的治国方略行事,就是要"遵贞观故事"。

李隆基确定了国家大政方针,但施政必须依靠官员队伍,尤其需要一位带队的宰相。当时的宰相队伍其实也很不错,如张说、郭元振、刘幽求和魏知古等人都具备相当的才能,可是李隆基认为这些人不具备开创新局面的能力,于是他选拔当时任地方官的姚崇来任首席宰相。

姚崇并没有立即答应赴任,而是提出了十条政治主张(其中有能否施行仁政、能否三年不提战争之事、能否不让外戚宦官干政、能否接受臣子的谏言等内容),先让李隆基表态。

李隆基全盘采纳了姚崇的十项政治主张，于是姚崇走马上任。他从整饬吏治入手，罢去闲散官吏，并抑制皇亲、国戚和功臣的权势，注重发展生产，大力推行社会改革，兴利除弊，大唐开始显现出勃勃生机。

姚崇大刀阔斧施政，细节上难免不足，他又没做到严格要求自己身边人，个人修养就不免有瑕疵。所以到了开元四年（公元716年），李隆基果断地用宋璟替换了姚崇的首席宰相职务。

宋璟爱民守仁，平日行事正直，以严谨、温和方式处理政务见长。他的这些施政特点，给广大官员们树立了廉洁守正的楷模形象，弥补了姚崇施政略显粗疏的不足。

在此后的开元年间里，李隆基又先后任用张说和张九龄为首席宰相。虽然这两个人的综合能力略逊于姚崇、宋璟二人，但亦不失为优秀的首席宰相。他们发挥了积极的领头作用，推动着社会继续进步。

李隆基作为皇帝，不亲手管理天下的巨细事务，而是将大量的政务分给宰相们处理。他最关心的一件事情，就是选好宰相。既要选好首席宰相，也要协调好宰相人员搭配。譬如姚崇为相时很强势，有些不注意小节，甚至纵容家人受贿，李隆基就任用卢怀慎为宰相成员，因为卢怀慎为人比较谦和，而且清廉谨慎，与姚崇各有所长，在行事上能够互相弥补。

开元年间共持续二十九年，姚崇、宋璟、张说和张九龄先后以首席宰相的身份主持政务，他们协助李隆基开创了贞观之治后的又一盛世。开元年间成为整个唐朝最繁荣、最富饶的时期，人称"开元盛世"。据记载，开元末年，全国人口达八千多万人，国力空前强盛，社会经济空前繁荣，商业十分发达，国内交通四通八达，城市繁华，对外贸易无比活跃。

时间的指针转到天宝十四载（公元755年），因为安禄山反叛，掀起动乱狂潮，整个唐朝陷入民生凋敝局面。大诗人杜甫面对破败的山河，想起了繁华的开元年代，提笔写了《忆昔》一诗，其中写道：

忆昔开元全盛日，小邑犹藏万家室。

稻米流脂粟米白,公私仓廪俱丰实。

九州道路无豺虎,远行不劳吉日出。

齐纨鲁缟车班班,男耕女桑不相失。

开元之后,李隆基对首席宰相不再按照德才兼备的原则进行选拔,如继任的李林甫以"口蜜腹剑"著称,人品实在差劲,可还是担任宰相职务长达十九年;此后的杨国忠是无赖赌徒出身,不仅人品差,更无处理政务的能力。

由于李隆基懈怠且用人不当,外加李林甫和杨国忠处置政务失当,致使政治腐败,民众苦不堪言,激发了安禄山和史思明的狼子野心,进而爆发安史之乱,唐朝开始由盛转衰。

## 诗仙李白

李白,字太白,出生于西域某地,五岁时跟随父母返回巴西郡昌隆县青莲乡(今四川江油市青莲镇)。

李白五岁时就能"诵六甲(六甲系唐代的小学识字课本)",十五岁时已经将诸子百家的文章读得滚瓜烂熟,还写得一手好文章。至于诗赋等文学体裁,也很得心应手。他还爱上了剑术,少年时就像游侠一样挎着长剑游历蜀中的名山大川。在《全唐诗》所收录的李白近千首诗中,"剑"出现的频率有103次之多呢,如我们耳熟能详的"停杯投箸不能食,拔剑四顾心茫然"。

开元十三年(公元725年),李白二十五岁,他决定走出四川远游。他先是到了渝州(今重庆市),然后沿着长江向东而去,从此离开了蜀中大地。他在长江上的第一站是名城江陵(今湖北荆州市),就是那个"千里江陵一日还"的江陵。这里居住着名人司马承祯,李白下船拜见了他。司马承祯很看好李白的道法思想,对他的诗赋文章也很欣赏。李白得到名人赞赏,自身名气也有了相应提升,当时他写的《大鹏赋》顺势就流传开了。

此后的几年里,李白沿江到了扬州,先后游玩了金陵(今江苏南京市)、苏州、杭州、越州(今浙江绍兴市)、九华山等地,然后折返中原汝州(今河南汝州市),再向南到了安陆(今湖北安陆市)。在这期间,李白结识了诗人李邕(yōng)和孟浩然,写了大量的优秀诗作,如《望天门山》《长干行》《乌栖曲》《静夜思》等。

李白在安陆邂逅了爱情,和一位许姓女士结婚。这一时期写下《蜀道难》《行路难》等诗,还写了自我推荐信《与韩荆州书》。这些作品迸发出"风格雄奇奔放、俊逸清新"的特点,其中有寄寓他功业难求的苦闷之情。

天宝元年(公元742年),李白来到了京城长安,好友元丹丘将李白的诗作呈给唐玄宗的妹妹玉真公主。这一年李白还在紫极宫结识了秘书监贺知章,他们的友谊也是一段文坛佳话。

贺知章读罢李白的诗作之后,大为赞赏,尤其喜欢《蜀道难》和《乌栖曲》。李白瑰丽的诗风和潇洒出尘的气度令贺知章惊异万分,感叹道:"此天上谪仙人也(你是天上下凡的神仙啊)!"这就是李白"诗仙"称号的来历。

玉真公主和贺知章先后向唐玄宗举荐了李白,唐玄宗也有很好的文采,读罢李白的诗文后大称其妙。于是,唐玄宗就在朝堂上接见了李白,封他为翰林供奉。

李白此后的日子过得很是惬意,他为朝廷草拟了《和番书》《出师诏》等公文,写了一些夸赞皇帝后妃的诗文(如赞美杨贵妃的《清平调》),还与贺知章等人联诗饮酒,有了一帮号称"醉八仙"的好

友。大诗人杜甫后来写诗描绘他的这一段日子:"李白一斗诗百篇,长安市上酒家眠。天子呼来不上船,自称臣是酒中仙。"

李白浪漫的生活方式显然不适合官场,骄傲直爽的性格也难以被他人接纳。唐玄宗也渐渐明白,李白就是一个诗人而已,对他的态度也逐渐冷淡。李白看到自己的前程越来越渺茫,萌生了离开京城的想法,于是向唐玄宗上书辞官。

唐玄宗看到李白要求辞官的上书,没有多做挽留,当即批复同意,还赏了李白一些金钱作为游历的川资。

于是李白离开长安城,开始了漫游生活。秋天的时候,他在陈留郡(今河南开封市)与杜甫、高适相会,三人在古吹台联诗饮酒很是畅快。杜甫当时非常崇拜李白,甘愿陪同他向东游历了睢阳郡(今河南商丘市)和齐鲁大地(今山东大部)。此后数年,李白的脚步没有停歇,一直在各地游历,并创作了许多脍炙人口的诗句。

公元755年,安禄山发兵叛乱,唐玄宗仓皇逃往四川。逃难途中,太子李亨不愿意跟随父亲,就到了灵武(今宁夏灵武市)号召天下起兵勤王,不久自立为帝,他就是后世所称的唐肃宗。

皇十六子永王李璘在长江流域起兵,他经过浔阳(今江西九江市)的时候,听说李白正隐居在庐山之中,于是就派人入山将他请出来担任自己的谋士。唐肃宗认为李璘有割据江南的企图,写信让他罢兵。李璘不同意,结果兵败被杀。李白也因此被抓,被判流放夜郎(今贵州正安县)。

乾元二年(公元759年)初冬,李白来到三峡,朝廷下达大赦令,李白成了自由人,遂掉头乘船沿着三峡向东行去。他的晚年主要在金陵和宣城(今安徽宣城市)一带生活,宝应元年(公元762年),贫病交加的李白死于当涂(今安徽当涂县),终年六十二岁。

李白现存有一千余首诗,他善于从民歌、神话中汲取养分和素材,经过奇特想象和夸张的描绘,具备了雄奇豪放的风格和瑰丽绚烂的色彩。李白被誉为自屈原之后最伟大的浪漫诗人,被后世尊称为"诗仙"。

## 诗圣杜甫

杜甫字子美,太极元年(公元712年)出生于巩县(今河南巩义市)。他青少年时期过着安定富足的生活,接受了良好的教育,七岁时已经能够作诗。

自开元二十四年(公元736年)起,杜甫参加科举考试,希望借此机会走上仕途,但数次不中。在准备科考的间隙,杜甫开始在国内漫游。天宝三载(公元744年),杜甫在洛阳与辞官的李白相遇,他们同游梁宋之地(今河南开封市和商丘市)。第二年,两人在齐鲁大地再次相遇,他们一起饮酒赋诗,还讨论了炼丹求仙之术。分别之际,互相赠送了诗篇。

杜甫为了实现自己的政治理想,不得不辗转奔走于高门贵户,希望通过献赋献文的方式展示自己的才艺,从而获得晋身之阶。但是干谒也很艰难,杜甫在长安客居十年,整天奔走献赋,却毫无所得。

到了公元755年,杜甫因为向唐玄宗进献《三大礼赋》,方才获得了河西尉的小官。这一年,杜甫已经四十四岁了。由于长年在京

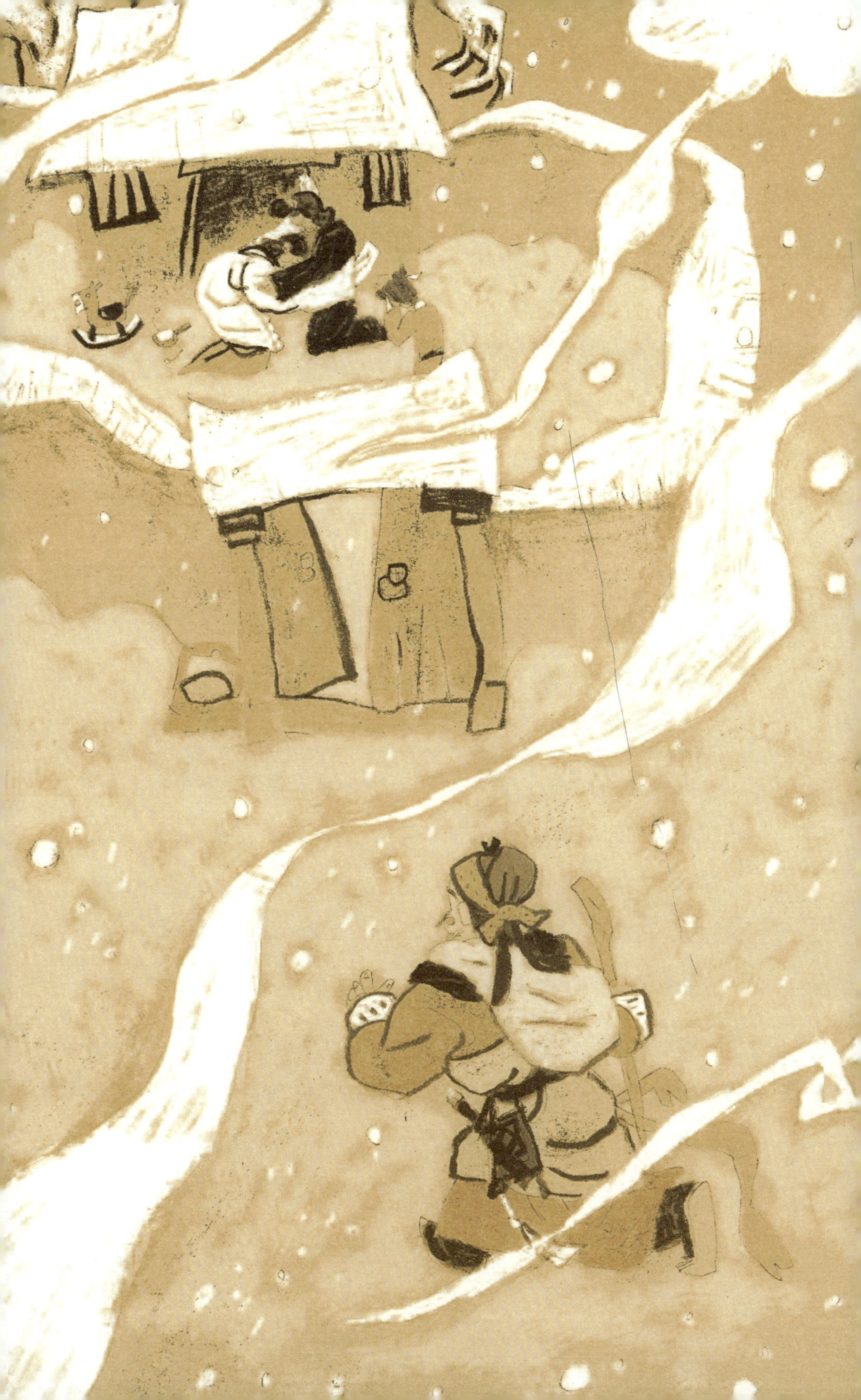

漂泊没有固定的收入来源,家中一直很贫困。现在虽然有了这种闲官身份,薪俸也很微薄,仍然不足以养家。这年冬月,当他返回奉先县(今陕西蒲城县)家中时,刚进家门就听到哭泣的声音,原来是他的小儿子饿死了。

杜甫事后写成著名的《自京赴奉先县咏怀五百字》,诗作中记述了这件事情,其中名句"朱门酒肉臭,路有冻死骨",揭露了悬殊的贫富差异,传达了他愤懑的心情。

安禄山举兵叛乱,杜甫带领家人辗转逃难,路上被叛军俘虏,并被押回长安。又过了一年,杜甫冒险逃出长安城,前往凤翔(今陕西宝鸡市)拜见唐肃宗,被授予左拾遗一职。这是杜甫一生中所获得的最高品阶官职,所以后世也称他为"杜拾遗"。

可是不久,杜甫因为上疏失措得罪唐肃宗,被贬为华州司功参军。当时战乱频仍,杜甫担任的这种小官俸禄很是微薄,于是他辗转在两京之间艰难生活。这段时间让他深切体会到了仕途失意、生活艰辛和生离死别的痛苦。他看到战乱给百姓带来的无穷灾难,有感而发,写下不朽的史诗——"三吏"(《新安吏》《石壕吏》《潼关吏》)和"三别"(《新婚别》《垂老别》《无家别》)。

杜甫这些诗反映了当时社会动荡、民间疾苦,记录了唐代由盛转衰的历史巨变,表达了崇高的仁爱精神和强烈的忧患意识,因而被誉为"诗史"。他的诗风沉郁顿挫,是现实主义诗歌的代表,对后世影响深远。他被誉为"诗中圣哲",简称为"诗圣"。

此后,杜甫为避战乱,带领家人前往秦州(今甘肃天水市附近),

再辗转到了蜀中成都。在友人的帮助下,他在成都城西浣花溪水之畔搭了一座草堂,作为居所。这就是今天成都游览胜地"杜甫草堂"的原址。

永泰元年(公元765年),杜甫带领家人离开了成都,一路向南到达了夔州(今重庆市奉节县)。夔州都督柏茂林是杜甫的老相识,在柏茂林的关照下,杜甫和家人为公家代管公田一百顷,自己也租了一些公田,买了四十亩果园,雇了几个短工,生活相对安定下来。这一时期,杜甫的诗歌创作达到了高峰,在不到两年时间里,共作诗四百三十多首,占杜甫现存作品的百分之三十。

大历三年(公元768年),杜甫思乡心切,他携带家人乘船东出三峡,经过江陵、公安等地到达岳阳楼下。此后,杜甫一家一直辗转在耒阳、郴州、潭州(今湖南长沙市)等地。杜甫一心北归,又乘船由潭州向岳阳进发,可惜因为贫病交加,最终在所乘的一条小船上去世,终年五十九岁。

杜甫共有近一千五百首诗歌被保存下来,诗歌内容反映了当时的社会面貌,尤其描写了民间疾苦,抒发了他悲天悯人、忧国忧民的情怀。后世往往将杜甫和李白的文学成就并列,简称二人为"李杜"。唐代著名文学家韩愈高度赞扬了他们,有诗为证:"李杜文章在,光焰万丈长。"

## 霓裳羽衣

　　唐玄宗李隆基赋有音乐才华,擅长作曲,一生创作有《霓裳(ní cháng)羽衣曲》《小破阵乐》《春光好》《秋风高》等百余首乐曲;还善于演奏多种乐器,尤其擅长操击羯(jié)鼓。

　　因为热爱音乐,唐玄宗在当了皇帝后,下令在长安城北的皇家园林里设立教坊,以供乐器演奏人员训练。大约这个地方植有大片梨树,故称为梨园。后来的戏剧界人士被称为梨园弟子,其渊源就在这里。唐玄宗还被尊为戏剧鼻祖,受到后世戏剧人的祭拜。

　　《霓裳羽衣曲》是唐玄宗最重要的音乐作品,在此基础上,唐玄宗又亲自编舞,让贵妃杨玉环当领舞人,演绎成美不胜收的《霓裳羽衣舞》。

　　唐玄宗之所以创作《霓裳羽衣曲》,还有一个美丽的传说。据说某日晚间,唐玄宗与一名道士谈论道家哲理之后沉沉睡去,不料梦游到了月亮之上的广寒宫。他先是绕过正在那里不停伐树的吴刚,就听到宫里乐声阵阵,并闻到里面飘出的渺渺幽香。

　　爱好音律的唐玄宗大喜,加快步伐向宫内走去。他穿过宫门,只见宫殿内居中的高台上,一群婀娜多姿的仙女身穿霓裳羽衣,正随着音律翩然起舞。领舞者身着白色纱衣且最美貌,想必是传说中的嫦娥仙子了。那音律实在是天籁,舞蹈也很是精妙绝伦,哪怕是身为天子的李隆基,在人间都从未听过见过。

唐玄宗就在那里如痴如醉欣赏曲舞,不觉间曲终人散。他追上嫦娥仙子询问曲舞名称,仙子微笑道:"此曲只应天上有,人间难识,可名为《霓裳羽衣曲》。"

第二日一早,唐玄宗醒来忆起梦境,其情境已经有些模糊,不过嫦娥那句"人间难识"的言语,还是记忆深刻的。他心中很是惋惜,怕自己忘记了美妙梦境,决定将记忆中的乐谱默写出来。无奈梦境中的曲调许多片段已经忘掉,他努力回忆,至多想起了一半。

恰在此时,河西节度使杨敬述入京述职,他知道皇帝喜爱音乐,便将随身携带的印度《婆罗门曲》曲谱献上。唐玄宗稍稍读了一遍曲谱,又是大喜,原来此曲和月宫梦境里的曲调大致相似。于是,唐玄宗将记忆中的《霓裳羽衣曲》和《婆罗门曲》糅合在一起,创作出完整的《霓裳羽衣曲》。

月宫中的曲舞显然是唐玄宗的想象,说明此曲更可能是唐玄宗借鉴印度音乐独创而成。全曲共有三十六段,分为散序(六段)、中序(十八段)和曲破(十二段)三部分。

音乐谱成了,还要配以舞蹈才有动感,才更完美。贵妃杨玉环善于舞蹈,唐玄宗于是指挥编舞,并让杨玉环当领舞之人。

天宝十载(公元751年)春天,唐玄宗下令在皇家园林中的梨园正式演练《霓裳羽衣舞》。

当时著名乐器演奏家都集聚在那里,如筚篥(bì lì)演奏家李龟年、琵琶演奏家贺怀智、筝演奏家薛琮之、琴演奏家黄庭兰、笛子演奏家孙处秀和李谟,至于他们的指挥,当然是善操羯鼓的李隆基了。

演出开始了,只听玉笛之声由远而近,似乎在寂寥的天际之间,人的遐思游移往复,那正是唐玄宗梦游月宫的仙奇之境;随后金、石、丝、竹诸般乐器先后发声,营造出月宫皎洁和虚无缥缈的意境。

李龟年除了能够演奏乐器,还是当时男声歌唱第一人。他站起身来开始歌唱,只听他那低沉的嗓音宛如夜空中传来的天籁,将月宫仙界和人间美景结合在一起。

既而散序奏罢,场面上稍微沉寂片刻。李龟年这时用筚篥吹出了异域风情,曲谱由此进入了中序的第一叠。只见九十四名绿纱少女依次而出,她们簇拥着一个白衣女子进入场内。

在一众女子的簇拥下,白纱女子拖曳长袖,伴舞忽而散开、忽而聚拢,身姿随着乐声摇曳。众女子之中舞姿最为曼妙的,当然是那位白纱女子了。她轻盈旋转时如同雪花飘舞,前行后退时像受惊的游龙,舞裙团起时仿佛白云升起。

这位白纱女子就是杨玉环了。

乐舞进入曲破十二叠之后,是为全曲高潮。只听繁音急节铿锵有力,舞者满场漫游如春雪袭来;到了终曲之时,节奏变缓,场面上只舞不歌,随着乐声渐渐远去,杨玉环等舞女也随乐声舞姿变缓,最后静止不动如凝固一般。

《霓裳羽衣曲》是唐玄宗最为得意的作品,其艺术表现力显示了唐代宫廷音乐的巨大成就,也是唐代盛世生活的艺术表现。后世著名诗人张祜在《华清宫》一诗中写道:"天阙沉沉夜未央,碧云仙曲舞霓裳。一声玉笛向空尽,月满骊山宫漏长。"

## 天文僧人

一行和尚本名张遂,他于永淳二年(公元683年)出生在魏州昌乐(今河南南乐县)。他天资聪明,青年时代即以学识渊博闻名于长安。

张遂听说长安玄都观藏书很多,观中住持道士尹崇更是一个大学问家,于是前往拜访,并借走了汉代思想家扬雄的著作《太玄经》回住所阅读。他花了几天时间读完《太玄经》,就将书还回。

尹崇见状很不高兴,板着脸教训道:"这本书的道理深奥无比,我读了数年还不能全然明白,你几日工夫能明白多少呢?"

张遂恭敬答道:"晚生确实将这本书读完了。大师请看,此为晚生的读书笔记。"说完,他将读《太玄经》的笔记《大衍玄图》《义决》呈给尹崇。

尹崇接过笔记凝神观看,脸色逐渐变得庄重,最后是吃惊的模样。他和张遂讨论了一番,大为叹服,此后逢人就夸赞张遂道:"此子是当代颜回啊!"

张遂渐渐在长安城才名远扬,武三思欲将他招至门下。

武三思时任礼部尚书,是武则天的侄子。作为功臣后人的张遂心系李唐王朝,若成为武三思的属下,会让家人蒙羞。但武家正是权势显赫的时候,倘若拒绝势必遭到武三思的报复。怎么办呢?张遂采取了迂回策略,在嵩山会善寺剃度为僧,并取法名一行。这样,他就不能在俗世里为官了,武三思只好作罢。

一行和尚从此精研佛理,并前往荆州当阳山寺、越州天台山国清寺等地求学,渐渐成为精通佛理的高僧,写了佛学著作《大日经疏》,开创了中国佛教的密宗一脉,成为密宗领袖。

他在精研佛理的同时,对数学、天文学也有浓厚兴趣。他日常刻苦钻研,将前代相关科学典籍读得通透,虚心向专业人士求教,他精通天文学的名气也渐渐传扬全国。

此时已经到了开元年间,唐玄宗得知了一行的本事,有心让他入京主持制定新历法。从开元五年(公元717年)开始,一行按照唐玄宗的要求组织人力编制新历法。

历法的基础是各种天象特征,而且要精确无误,靠人眼的观察是做不到的,这就需要许多观测仪器。一行和尚与当时的机械制造大师梁令瓒合作,创制出了黄道游仪和水运浑象仪。这些仪器非常先进,在世界天文学史上有划时代的意义。

在掌握了大量的天文实际测量数据之后,一行将这些实测数据和古书的记载比照,发现古书记载的恒星位置与实际不符。于是,他率人重新测定了大约一百五十颗恒星的位置。这样,就为新历法精度的提高奠定了基础。

唐朝当时的疆域已经非常广阔，若依据长安城的地理天文制作的历法，肯定不能适用于全国。怎么办呢？一行决定开展一项前无古人的计划：测定子午线。

所谓子午线，就是地球表面连接南北两极，并且垂直于赤道的弧线，我们今天也称之为经线。通过测定子午线的长度，可以测定地球的大小。

主管历法工作的太史局全体工作人员分赴各地，他们分组进行实地测量。当时测量的范围很广，北到北纬51度左右的铁勒回纥部（今蒙古国乌兰巴托西南），南到约北纬18度的林邑（今越南的中部）等十三处，超出了现在中国南北的陆地疆界，这样的规模在世界科学史上都是空前的。

这些测量小组每日在当地测量日影，然后将测量数据通过驿道快马传回京城。一行则将各地的实测数据汇总，然后将南北的日影进行对照，再用勾股法进行计算。

一行在完成大量的基础工作之后，开始编制新历法。开元十五年（公元727年），新历法《大衍历》编成。唐玄宗下令自开元十七年（公元729年）起，将根据《大衍历》编撰的当年历书颁行全国。

1964年11月9日，小行星1972号被人类发现。国际天文机构为了纪念一行和尚在天文学上的伟大贡献，特别将这颗小行星命名为"一行小行星"。

## 盛唐画家

唐朝自建立到开元年间,国势到达鼎盛,各个门类艺术文化极其繁荣。中国绘画艺术也在此时迎来了第一个高峰时期:以人物、山水、花鸟等种类为题材的优秀绘画作品大量涌现,绘画技艺水平较前代有了大幅提升,出现了一大批著名画家。

盛唐人物画是中国绘画史上的一个里程碑,具有特定的人物组合和布局,完善了中国绘画的基本形式,代表画家为阎立本和吴道子。

阎立本是唐太宗时期的宫廷画家,其主要职责是绘制宫廷器物图样以及宫殿装饰绘画,但他逐渐摆脱了宫廷呆板的画法,使绘画技能呈现生动多样的特征。后人评价他的绘画技法特点为:线条刚劲有力,神采如生,色彩古雅沉着,人物神态刻画细致。

阎立本创作了许多作品,历史记载中有名字的近七十幅。曾为唐太宗画《太宗真容》《秦府十八学士图》《凌烟阁功臣二十四人图》等,保留至今的有《历代帝王图卷》《萧翼赚兰亭图卷》《步辇图》等。

《步辇图》描绘了唐太宗于贞观十五年(公元641年),乘坐步辇

（宫廷中由多人抬行的坐具）接见前来迎娶文成公主的吐蕃使者禄东赞的情景。该画作再现了这一具有伟大历史意义的事件。阎立本用鲜明生动的笔法，刻画了场景中各个人物的不同身份、气质、仪态和相互关系，具有典型的肖像画特征。

吴道子少年时就发奋学习绘画，渐渐掌握了绘画的妙法，不到二十岁就以善于绘画闻名天下。

唐玄宗得知了吴道子的才能，就下令召吴道子入京任宫廷画师，并兼任内教博士。此后，吴道子听从唐玄宗的命令随时作画，如开元十三年（公元725年）随同唐玄宗到泰山封禅，吴道子当时绘制了唐玄宗出巡的《金桥图》，画中人物众多，山川壮丽，层次分明，布局错落有致，有很强的立体感和真实感。唐玄宗大赞此画精绝。

天宝元年（公元742年），唐玄宗想起蜀中嘉陵江的美景，下令吴道子到嘉陵江写生带回京城，供他在画中饱览山水之美。

吴

道子奉旨到了嘉陵江，日日漫游江上观看美景，却不动笔画草图。当他返回京城，唐玄宗让他在大同殿壁上画出嘉陵江图的时候，惊奇地发现吴道子手上没有一份草图，有些不高兴地问他为何如此。吴道子答道："臣确实没有画草图，但嘉陵江的山水丘壑，皆在臣心中。"于是，他凝神挥笔一日画成，使嘉陵江三百里的旖旎风光跃然壁上。唐玄宗看后不由得啧啧称赞。

吴道子创作了大量的佛教壁画，据载他曾于长安、洛阳两地寺观中绘制壁画多达三百余幅，流传至今的有《八十七神仙图》《送子天王图》《明皇受箓图》《嘉陵江山水三百里图》《十指钟馗图》等。

中国山水画大约起源于东汉时期，汉墓的壁画和砖画上有着一些依附于人物的简单山水画。到了魏晋南北朝时期，山水画的技法有了一些进步，如从顾恺之著名的《洛神赋图》和《女史箴图》中可见一斑，但一直没有成为独立的画科。到了盛唐时期，山水画完全脱离对人物的依附关系，成为独立的画科。代表画家有李思训和李昭道父子、吴道子、王维等人。

李思训出身于李唐皇室，唐玄宗当政时期官至大将军。他善于书法和丹青技法，被称为一时之绝。他的绘画内容以山水、楼阁、花木和走兽为主，发明了以石青和石绿两种颜料为主色的画法，创作出用笔遒劲，具有装饰意味的"青绿山水"与"金碧山水"风格的山水画，留存至今的作品有《江帆楼阁图》《明皇幸蜀图》。

李昭道继承了父亲的画风，传世作品有《春山行旅图》。

吴道子也是山水画的高手，前述的《嘉陵江山水三百里图》就是

他的代表作。

　　大诗人王维精通诗书音画，也是一名擅长山水画的高手。他具有深湛的艺术修养，长期的山林生活体验和对自然山水的热爱，使他能够十分敏锐地捕捉到自然美。王维的画作多为山林小景，由于多用水渲染，画面显得自然平淡和清新雅淡，营造出平和清疏的意境，其代表作有《辋川图》《雪溪图》《江山雪意图》等。

# 鉴真东渡

鉴真和尚俗姓淳于，系广陵江阳（今江苏扬州市）人。他幼时出家，十四岁时在扬州大云寺当沙弥，师从高僧智满禅师，此后游历洛阳、长安等地。三年之后，鉴真返回扬州，先后修崇福寺、奉法寺等，几十年间先后为四万余人剃度、传授戒律，成为律宗的代表人物。

此时唐王朝正是鼎盛之时，东邻日本定下了全盘学习大唐的国策。自唐朝初年至唐玄宗天宝年间，日本先后派了十批遣唐使来到大唐，而遣唐使团人数都是百人以上。大唐的许多律令制度、文化艺术、科学技术以及风俗习惯等，通过这些遣唐使传入日本。

天宝元年（公元742年），在中国留学的日本僧人荣叡和普照风尘仆仆地来到扬州大明寺门前，谦恭地请见鉴真和尚。

原来，这两位日本僧人除了在中国学习佛法之外，还负有一项使命，就是邀请大唐高僧东渡大海，亲身前往日本传授佛法。鉴真具有深厚的佛法知识，是律宗的重要人物，讲法道场所在地扬州又便于出海，所以他们就把鉴真确定为优先邀约对象。

鉴真环视座下,询问自己的三十余名弟子谁能出行。

不料众弟子面面相觑,没有一个人应答,显然都不情愿。

鉴真又问了一遍,依然没人吭声。

鉴真叹道:"既然这样,看来只有我亲自走一趟了。"

鉴真已经五十五岁,且体弱多病,众弟子急忙拦阻。无奈鉴真心坚如铁,众弟子看到劝阻不下,也都改变主意,纷纷表态愿意追随师父东渡传法。

他们开始准备船只和渡海物资。第二年冬天,他们准备乘船从长江驶往出海口,然后东渡日本。可惜因为误会被官府拦阻下来,第一次东渡也就此作罢。此后的三次东渡或因为对海况不熟,或因为被官府拦阻,皆没有成行。不知不觉间,五年就这么过去了。

天宝七载(公元748年),六十一岁的鉴真率领五十人开始第五次东渡。他们于六月二十八日出发,出长江后为避风浪,在舟山群岛一带停留了数月。无奈出海以后,又遭到强大北风吹袭,连续漂流十余日才看到陆地。上岸后才知道已经漂流到了振州(今海南三亚市)。鉴真一行在海南停留一年,之后从陆路开始北返。路上,鉴真由于水土不服加之旅途劳顿,又为庸医所误,竟致双目失明。

鉴真五次虽然东渡不成,但他的足迹遍布半个中国,名气越来越大。天宝十二载(公元753年),日本遣唐使藤原清河、吉备真备、晁衡等人来到扬州,再次恳请鉴真同他们一道东渡。当时唐玄宗崇信道教,意欲派道士去日本。但日本人崇信佛法,对道教没有兴趣,因此予以拒绝。官府得知日本人又来盛邀鉴真东渡,立刻执行皇帝的命令,勒令鉴真不许出海。

无奈鉴真东渡意志坚决,在众弟子协助下,鉴真一行秘密乘船到达苏州黄泗浦(今日江苏张家港市塘桥镇鹿苑东渡苑内),日本遣唐使的大船在这里等待。十一月十六日,遣唐使船队扬帆出海。此时,僧人普照也从余姚(今浙江余姚市)赶来和他们会合。

天宝十二载冬月二十日,搭载鉴真等人的三艘大船终于抵达日本萨摩秋妻屋浦(今日本国鹿儿岛县大字秋目浦)。他们从此登岸,标志着鉴真的第六次东渡终于成功。

鉴真到达日本后,受到当时日本孝谦天皇和圣武太上皇的隆重礼遇,被迎入首都奈良东大寺讲经传法,受封为"大僧都",统领日本所有僧尼,封号"传灯大法师",日常被人尊称为"大和尚"。

至德二年(公元757年),鉴真被尊为日本律宗始祖。日本天皇将一处官邸赐给鉴真,让他在这里建设一处寺院。于是鉴真和弟子一起,采用唐朝最先进的工艺,建设成一座唐代建筑风格的寺院,这就是现存于日本奈良市的唐招提寺。

鉴真及其弟子在日本,除了努力弘扬佛法之外,还热心传播大唐文化。他们去日本时携带有大书法家的书帖真迹,使日本人民开始热爱中国书法艺术;还传播了中国的医药学知识,鉴真因此被日本人民奉为医药始祖;其他如日本饮食业、酿造业等,日本人也认为其行业技艺均为鉴真所授。

## 玄宗怠政

李隆基当上皇帝之后,以他的曾祖父李世民为榜样,励精图治,任用姚崇、宋璟、张九龄等贤相,开创了唐朝的极盛之世——开元盛世。这时国家治理取得了极大成功:百姓生活安康,各项文化事业极繁荣。

到了天宝年间(公元742年至756年),唐玄宗宠爱杨贵妃,热衷于乐舞之事,逐渐怠惰朝政。

唐玄宗怠惰朝政最明显的就是他将行之有效的宰相任期制打破,宠信奸相李林甫、杨国忠等人。

开元年间,唐玄宗始终保持着对朝政大事的把控,以三年为期任用宰相。他们君臣协力,将各项政事处理得井井有条。

开元二十四年(公元736年),李林甫代替张九龄任中书令(右相),从此一干就是十九年。客观地说,李林甫作为李唐王朝的宗室,在前期为政作风务实、精明强干,对税制和地方费用规定等财政制度进行了合理改革,因而得到唐玄宗极大信任。

但是,李林甫大权独揽后,就开始堵塞言路,排斥贤才,使得朝纲紊乱。唐玄宗曾广纳天下人才，只要精通一艺，就可以到长安参加人才选拔。李林甫不是科举出身，就玩弄手段全权操控士子考试。最终，送到京师的士子参与诗、赋、论考试，结果没有一人合格，譬如杜甫接连考试多次，依旧不合格。此时李林甫却向唐玄宗道贺："恭喜陛下，所有人才皆在朝中，现在野无遗贤了！"

李林甫担任宰相后，忌恨那些以文才入仕的官员。他表面和善、言语动听，暗中却玩弄阴谋陷害忠良，世人认为他"口有蜜、腹有剑"。如唐玄宗想把时任绛州刺史的严挺之调入京城，李林甫当天便召见其弟严损之，笑眯眯地说道："陛下非常敬重你哥哥，何不让你哥哥上书就说得了风疾，请求回京就医，他就可以回到朝中了。"严挺之不知是计，果然按他的建议上书皇帝，李林甫拿到他的奏疏后，对唐玄宗说道："严挺之年事已高又患风疾，应该给他一个闲散官职，使他可以安心养病。"唐玄宗认为李林甫说得有理，就给严挺之安排了一个闲职。从此，"口蜜腹剑"就成了李林甫的代称。

唐玄宗改革军事制度，使边疆的军事将领在各自区域内拥有绝对军政权力。其中有些优秀将领若得到皇帝的青睐，往往会被调入朝中担任宰相职务，这就是所谓的"出将入相"。李林甫为了堵死这条道路，消除优秀将领对自己相位的威胁，他向唐玄宗提出边将主要任用少数民族将领的建议。因为这些少数民族将领皆以军功升官，不通文墨，所以不可能入朝当宰相。唐玄宗当时不假思索就同意了这条建议，这给今后安禄山叛乱埋下了伏笔。

李林甫将性格软弱的陈希烈引荐为副宰相，以便自己可以独揽朝政大权，达到蒙蔽皇帝的目的。谏官的职责就是及时对朝廷大政提出意见，从而达到匡正时政的作用，如唐太宗时代的魏徵就是称职的谏官。李林甫不想听到谏官的反对声音，就把这些谏官召集在一起，训斥道："如今圣明天子在上，群臣顺从圣意都来不及，哪需要什么净谏的言论？你们看见皇帝身边仪仗用的立仗马吗？它们整日乖乖地默不作声，就能得到上等粮草饲养；但只要叫一声，就会被剔除出去。"经过这番威吓，朝中谏官从此无人再敢发言。从此，"立仗马"成为不负责任官员的代称。

天宝十一载（公元752年），七十岁的李林甫病死，唐玄宗任命杨贵妃的堂兄杨国忠担任右相。

李林甫虽心术不正，但毕竟做官多年。杨国忠则是赌徒出身，因为杨贵妃得以接触到皇帝，又因为替唐玄宗敛财有功，并且善于溜须拍马，不料竟然能够攀到相位。

杨国忠上任之后大肆搜刮社会财富，加剧了权贵阶层与普通百姓的矛盾；为了一时意气，他无端发动数次与南诏的战争，使唐朝遭受了巨大损失。

安禄山和杨国忠都是唐玄宗的宠臣，但这两个人矛盾很大。杨国忠利用自己在皇帝身边的机会，拼命说安禄山的坏话，并找寻机会栽赃安禄山。心怀叛心的安禄山在南诏战争中看出唐朝羸弱，于是以"清君侧（不反皇帝、清除奸臣）"的名义发动了叛乱。

安禄山的叛军先后攻陷了洛阳和长安，唐玄宗被逼无奈只好向四川逃走。一行人到了马嵬驿（今陕西兴平市西），随行士卒发动兵谏,他们痛恨杨国忠祸国殃民,就杀死了杨国忠及其亲属亲信,并要求唐玄宗处死杨贵妃。唐玄宗虽然舍不得,但是看到士卒步步相逼,只好下令吊死杨贵妃。

俗话说,"种瓜得瓜,种豆得豆"。马嵬驿兵变,其实是唐玄宗怠惰政事的必然后果。

## 安史之乱

安禄山是粟特人，青年时代开始从军，由于骁勇善战、屡建功勋，在军中逐步升迁。到了天宝年间，唐玄宗对安禄山无比信任，让他兼任平卢、范阳（此前名为幽州）和河东三镇节度使，并封为东平郡王，执掌唐朝东北地区和华北地区军政大权。

天宝十四载（公元755年）十一月，安禄山在范阳郡（今河北涿州市）节度府大堂召集五品以上文武官员神秘说道："昨日奉事官胡逸自京城来到范阳，诸位都见过了。至于他身负的职责，诸位肯定不知道了。"

众人屏气等待安禄山揭晓谜底，只见他笨拙地扭动着身体，从衣袖中取出一纸，挥动着说道："此为圣上亲笔书写的密旨：宰相杨国忠大逆不道，在朝中欺上凌下，已现凶逆之相，着安禄山领兵入朝，以清君侧！"

安禄山这番言语全是胡扯，他处心积虑造反，现在以皇帝密旨名义起兵讨伐杨国忠，无非是想掩盖他造反的真实目的。

那年十一月初九，安禄山站在南门楼上举行誓师仪式，随后，号称二十万人的叛军开始向南开动。由于唐朝内地多年和平无战事，且兵力多配置在边境地区，内地兵力空虚。安禄山的叛军所向披靡，一举攻陷洛阳城和长安城，唐玄宗只好带领近臣和后宫亲眷逃往蜀地。

安禄山之所以能成为三镇节度使，这和他一生传奇的遭际是分不开的。

安禄山从军之后，由于屡立战功，开元二十八年（公元740年），安禄山被任为营州都督、平卢军使，但他却遭遇了一次大的人生危机。他领兵出关作战，遭遇大败，按照当时的法律规定要被杀头。那时死刑需要皇帝核准，于是安禄山被押解到了京城。

当时的宰相是张九龄，他面见安禄山之后，认为他不是什么好人，劝说唐玄宗杀掉安禄山。

唐玄宗很不高兴，说道："你不要枉害忠良之人啊。"

张九龄道："臣观此人面有反相，目露凶光，今后乱幽州者，必此胡人也！"

唐玄宗却认为安禄山是难得的人才，没有听从张九龄的建议，将安禄山放回幽州。

安禄山侥幸保下一条命来，回到幽州后谨守职责，相继镇压了契丹、奚族等部落的叛乱，再立新功。同时，安禄山用厚礼贿赂往来官员，让这些官员在皇帝和重臣面前纷纷为自己说好话。安禄山的官职不断被升迁，唐玄宗也日益看重他。

这时，当朝宰相更换为"口蜜腹剑"的李林甫。李林甫生怕边将立功之后再入朝为相,于是想出了一个馊主意,就是让胡人主持边疆之事。因为这些胡人往往以军功升迁,本身缺乏文化知识(有的人甚至不识汉字),这样就没有资格入朝当宰相。

怠政的唐玄宗不加考虑当即答应,安禄山于是又加官阶,担任了平卢节度使和范阳节度使的要职。

安禄山大肆贿赂朝廷官员,采取各种方法讨好唐玄宗。当时,唐玄宗正是百般宠爱杨贵妃的时候,安禄山比杨贵妃大十六岁,他竟然恳求成为杨贵妃的干儿子。

唐玄宗越发重用安禄山,不久又让他兼任河东节度使,这样安禄山统管了唐朝北方边疆的防务。同时,安禄山还兼任了御史大夫(负责朝廷官员的监察)、河北采访使(负责黄河以北的物资管理)、闲厩使(负责唐朝军马调度)、陇右群牧使(负责西北军马场)等职务。

李林甫去世后,杨国忠继任宰相。杨国忠无德无能,只知道搜刮民财,并且在许多大事上胡闹。当时的南诏(今云南一带)首领和地方官员起了冲突,本来是小事一桩,杨国忠为了谋求边疆军功,竟指示亲信进攻南诏。两次大战,唐军基本上全军覆没。

手握重兵的安禄山在北方冷眼旁观,发现中央军的战斗力竟然如此羸弱,数万大军对一个小小的南诏束手无策。

从那个时候,安禄山便开始了叛乱的谋划。他下令在范阳郡城北边筑起了雄武城,名义上说是为了防御外族侵略,实际上是个储藏兵器和粮食的大库房。安禄山已经有战马一万五千匹,但他觉得

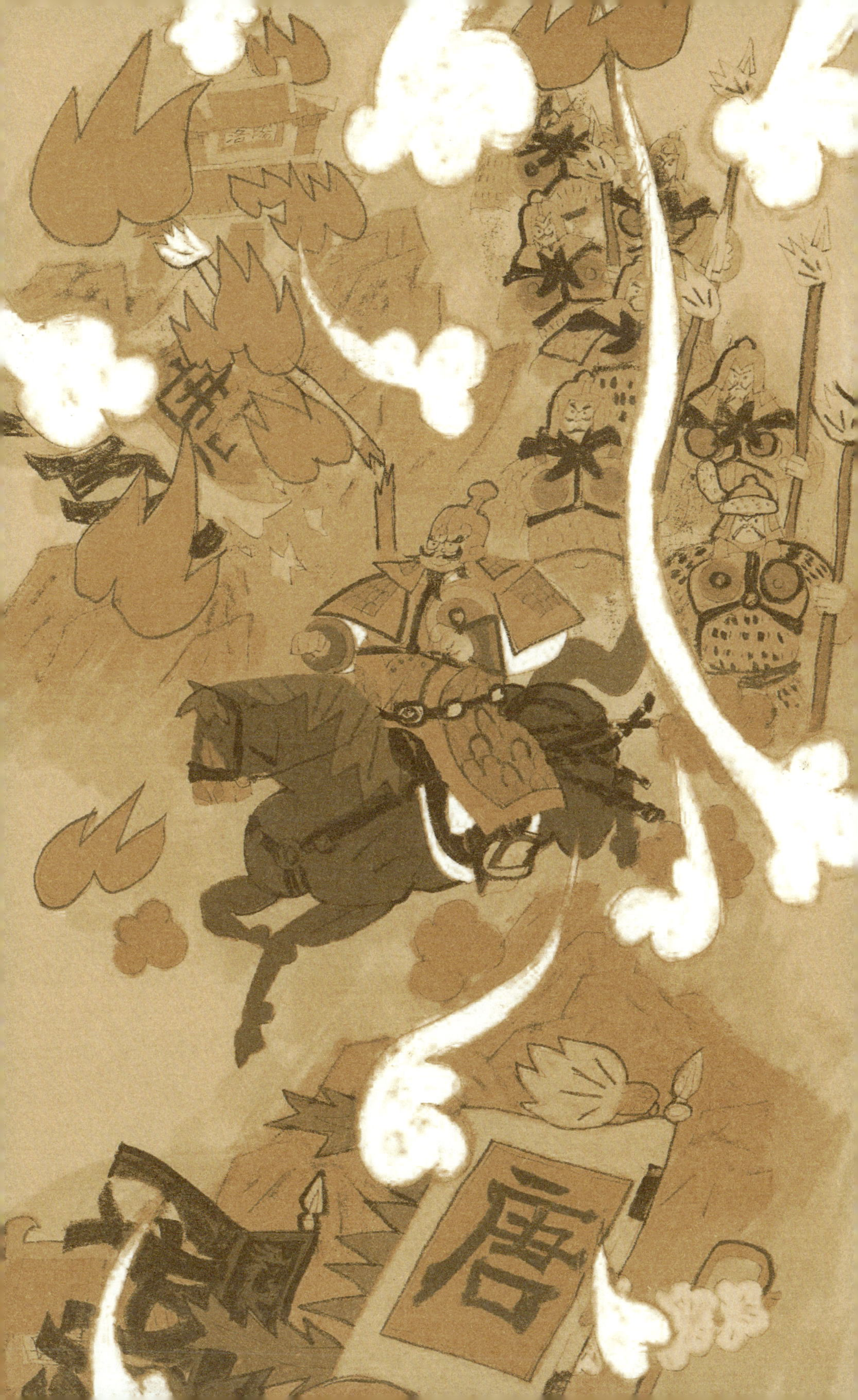
唐

还远远不够,他利用自己担任闲厩使和陇右群牧使等职务,便把军马场里的上等好马挑选出来,再悄悄地运到范阳,以供谋反之用。

安禄山还在契丹、同罗等少数民族中,选出骁勇骑手,将他们组建成自己的亲兵队伍。突厥语中称呼壮士音为曳(yè)落河,安禄山的这八千名亲兵被称为"八千曳落河"。

杨国忠因与安禄山不和,日夜向唐玄宗报告说安禄山要谋反。结果,安禄山就以奉皇帝密旨讨伐杨国忠以"清君侧"的名义起兵。于是唐朝结束了一百二十余年的安定局面,战火纷飞,百姓流离失所,苦不堪言,大唐从此走向衰落。

安禄山攻取了长安之后,于天宝十五载(公元756年)正月初一定都洛阳,自称雄武皇帝。可惜好景不长,他的儿子安庆绪也觊觎皇帝之位。到了第二年新年的一个黑夜里,安庆绪就派人将他杀了。

安庆绪带领着叛军继续为祸中原大地。后来史思明又领着叛军与唐朝为敌,历史上将这场叛乱称为"安史之乱"。

唐朝军队一直到宝应二年(公元763年)才将叛军彻底打败,历时八年的"安史之乱"才宣告结束。

## 颜氏兄弟

安禄山起兵叛乱，许多忠于唐朝的官员开始反抗，最早举起反抗旗帜的人是常山（今河北正定县）太守颜杲卿和他的堂弟平原（今山东平原县）太守颜真卿。

颜杲卿起初任范阳户曹参军，是安禄山的部下。天宝十四载（公元755年），安禄山向朝廷请求任颜杲卿为营田判官并代理常山太守。这样，颜杲卿在安禄山的帮助下升了官。

安禄山叛乱之前忙于扩充兵力，大肆锻造兵器和征用马匹，他的谋反之心被一些有识之士觉察。平原太守颜真卿就捕捉到了安禄山的谋反迹象，借口防备大雨，指挥军民加固平原郡城墙，储存粮食，并且暗暗招募壮丁，做好了抵御叛军的准备。

这年的十一月，安禄山在范阳起兵反叛，他的队伍很快就到了常山。颜杲卿见事发突然，无法阻挡叛军，只能开门放行。叛军队伍离开后，颜真卿派来了使者，商议组织义军，以分兵牵制叛军，阻断其归路，减缓叛军西进的步伐。颜杲卿大喜，当即答应，并和长史袁履谦、前真定县令贾深、前内丘县丞张通幽等人商议起兵事宜。

安禄山于当年十二月十二日攻陷了东都洛阳,颜杲卿担心叛军马上侵犯潼关,进而危及长安,于是谋划拿下土门关(今河北石家庄市鹿泉区境内),从而从背后震慑叛军。

颜杲卿设计捉了土门关的两名将领,从而控制了土门关,并发檄文至黄河以北各个郡县。当时河北有郡二十四个,他们响应颜杲卿的号召,旬日之间就有十七个郡宣布脱离安禄山的控制,重新归附唐朝。

安禄山闻讯,只好停下向潼关进攻的脚步,分兵去对付河北义军。天宝十五载(公元756年)正月,史思明带领叛军直奔常山郡,颜杲卿带领兵民拼死作战,无奈寡不敌众,数日后城破,颜杲卿、袁履谦被叛军俘获,送到洛阳。

安禄山见了颜杲卿,怒斥道:"我把你从范阳户曹任上奏请为判官,得以代理常山太守,我有什么地方对不住你?你竟然背叛我?"

颜杲卿怒目而视,骂道:"我家世代为唐朝子民,信守忠义。即使得你为我奏请升官,我也还是唐朝官员,难道要跟着你反叛吗?你本是营州一个牧羊的羯族奴隶,因为得到陛下恩宠才有今日,皇帝对你有大恩,有什么对不住你的地方?你为何反叛朝廷呢?"

安禄山勃然大怒,命人将颜杲卿和袁履谦绑在洛阳天津桥柱上处死。两人直至死前骂不绝口,刽子手因此先将颜杲卿的舌头割断。

颜杲卿的忠烈精神激励了当时人们的反抗斗志,唐玄宗及后世唐朝皇帝给予他许多的褒扬之词;同时,颜杲卿忠贞不屈的精神被后世传颂,宋代文天祥有着"人生自古谁无死?留取丹心照汗青"的决心,他就以颜杲卿为榜样,在《正气歌》中写道:"为张睢阳齿,为颜常山舌。"

颜真卿由于及早觉察安禄山的反叛迹象,提前组织兵民整修平原郡城池,储备了各种物资,所以当安禄山叛军攻来的时候,他带领军民坚决抵抗,竟然挡住了叛军的进攻。当时,由于河北各个郡县防卫松弛,各个郡县所在城池大多被叛军攻陷,官员们纷纷向安禄山投降。唐玄宗在长安得知前线惨状之后,感叹说道:"河北二十四个郡,难道就没有一个忠臣吗?"颜真卿防守稳固之后,派出部下李平骑快马到长安向唐玄宗报告。唐玄宗大喜,对左右说道:"我之前确实不了解颜真卿的本事,想不到他竟然如此能干啊!"

颜杲卿被害后,颜真卿在平原郡坚持抵抗,并联络博平郡(今山东聊城市)和清河郡(今河北清河县)共同进退,从而在敌后牵制了叛军的力量。

颜真卿在艰难的境况中一直坚持到天宝十五载十月,眼看着敌众我寡,实在难以坚持下去。于是颜真卿下令放弃平原郡,率众渡过黄河,走崎岖小路到凤翔拜见唐肃宗李亨,唐肃宗任命他为宪部尚书(即刑部尚书)。

颜真卿此后在宦海沉浮。到了建中四年(公元783年),颜真卿已经七十五岁了。这一年,盘踞在许州(今河南许昌市)的淮西节度使李希烈发动叛乱,唐德宗派时任太子太师的颜真卿前往李希烈军中传达皇帝想要停止战争的旨意。李希烈当时兵力雄厚,不接受

朝廷的招抚,并劝颜真卿向自己投降。颜真卿前来时已经抱定必死决心,坚决不投降。这样到了第二年,李希烈看到颜真卿坚如磐石的决心,下令将他杀掉。当时和叛军对阵的唐军得知颜真卿的死讯,为之恸哭。唐德宗为他废朝五日,追赠司徒,谥号"文忠"。

颜真卿还是一位著名大书法家,他的书法一改初唐风范,创造了境界瑰丽、雄健、阔大的书风,书体被称为"颜体",与另外一位大书法家柳公权并称为"颜柳",后人用"颜筋柳骨"来称誉两人的书法特点。他们还和初唐欧阳询、元代的赵孟頫,一同被称为中国古代"楷书四大家",为后世书法写作提供了优秀范本。

## 张巡守城

当安禄山叛军南下时，一位进士出身的县令坚定地站了出来，将叛军挡在了淮河以北。

这件事意义非同寻常，因为当时江淮地区已经成为大唐重要的钱粮来源地，叛军未能占领这里，就为唐军后来的反攻保存了丰厚的物资基础。历史证明，当唐肃宗在灵武起兵之后，东南地区的钱粮通过长江逆流而上，再通过陆路转运到西北地区，有力地保障了唐军的物资供应。

这位县令名为张巡。

张巡祖籍蒲州河东（今山西永济市），出生于邓州（今河南邓州市）。他在唐玄宗开元末年参加科举考试，中进士后辗转担任清河（今河北清河县）县令和真源（今河南鹿邑县）县令。

安禄山攻陷两京（洛阳城和长安城）之后，叛军队伍分兵向东南进攻，兵锋至谯郡（今安徽亳州市）的时候，谯郡太守杨万石当即开门投降。

真源县归谯郡管辖，杨万石投降叛军之后，又下令真源县令张巡开门迎接叛军。张巡接令后大怒，率领属下及百姓到玄元皇帝（真源县相传为道家创始人老子故里，当时李唐王朝将老子认作始祖，封为玄元皇帝）祠祭拜，然后盟誓坚决抵抗叛军。

雍丘（今河南杞县）县令令狐潮已经率领全县官民向叛军投降，令狐潮还被叛军任命为将领。雍丘县在真源县西北方向，直线距离约有一百二十公里。张巡决定向叛军发起反攻，他利用令狐潮用兵混乱的当儿，领兵攻入雍丘城，令狐潮只好弃城而逃。

数月之后，令狐潮集结万余叛军前来攻城，他们还拉来百余门抛石机向城中发射石头，城楼及城上矮墙全被毁坏。张巡在城墙上立上木栅，用蒿草束灌上油脂焚而投之，以抵御叛军进攻。

双方就这样互相攻守，相持不下。雍丘城内物资毕竟有限，箭镞很快就用完了。张巡命令士兵做了一千多个草人，给草人披上黑衣服，然后在晚间用绳索将草人放在城墙脚下。叛军以为城中士卒又来偷袭，纷纷用箭射这些草人。这样，这些草人在天亮时候被拉上城墙，守军一下子获得了十余万支箭。

叛军看到城中开始用草人袭扰，认为城内守军已经没有了战斗力，夜里也就不再戒备。张巡发现这个战机后，亲自带领五百名士卒从城墙上缒（表示用绳子或带子等把人或物从高处垂下）下去。这五百将士快速杀进敌营，敌军大乱，慌乱中还把自己的营帐给烧掉了。就这样，张巡带领两千士卒，经历大小三百余战，坚守雍丘城达六十多天。令狐潮见在短期内不能攻下雍丘，只好撤兵而去。

张巡带领全城军民继续抗敌，他设法将敌军军粮抢入城中，还数度冲击敌方营垒,使雍丘城像钉子一样牢牢地钉在中原腹地,让叛军无法南下。

到了天宝十五载十二月,张巡已经在雍丘城坚守了十个月,叛军调集大军在雍丘城的西方和北方进行突破,并派出两万骑兵奔袭宁陵(今河南宁陵县),意图隔绝雍丘城与睢阳城(今河南商丘市)的联络,从而合围雍丘城。张巡判断大势后,决定主动放弃雍丘城,带领三千余名将士前往宁陵,并与睢阳太守许远在宁陵合兵。他们在宁陵击败了叛军的骑兵,斩杀敌人万余人,之后在许远力邀下,他们一同向东进入睢阳城继续坚守。

唐肃宗得知张巡的事迹后非常感动,下诏任命张巡为河南节度副使。

睢阳城面临睢阳渠,比

雍丘城位置更加重要。许远认为自己才能不及张巡，就推张巡为主帅，自己甘愿为副手。他们又带领部下和叛军接战数百次，牢牢地将敌人牵制在睢阳城周围。这样一直坚持到至德二年七月，城中粮食渐尽，士兵每日才能分到一勺米。月余后粮尽，人们饿了只好吃树皮和纸。城中的麻雀、老鼠及铠甲弓箭上的皮子都被吃了，可见境况有多么艰难。活下来的守军越来越少，只剩千余人，他们瘦弱得拉不开弓。张巡派将领南霁云带领三十名壮士出城求援，可惜周边唐军不肯前来支援，仅有宁陵守军肯分兵三千。这些人返回时还缴获了敌军数百头牛，使睢阳城又坚守了一阵。

十月初九，叛军再度攻城，城内的守军大多伤病，又饥饿无力，睢阳城最终被攻破，张巡被俘。

叛将审问张巡道："听说每到督战时候，你大声呼喊，以致眼眶流血、牙齿咬碎，何必如此呢？"

张巡答道："我想以正气消灭敌人，可惜力不从心。"

叛将用刀挑开张巡的嘴唇，发现他只剩下数颗牙齿。张巡誓不投降，最后和许远、南霁云等三十六人被叛军杀害，反映了大唐文人士大夫的气节。

## 平息战乱

李光弼是契丹人，擅长骑射之术，爱读《孙子兵法》及《汉书》，少年时就开始了军旅生活。由于他勇武果敢，又有谋略，立功不少，职务一路升迁。到公元755年安禄山叛乱的时候，唐玄宗任李光弼为河东节度副使、云中太守，还兼任御史大夫，充当抵御安禄山的先锋。

安禄山自立为皇帝，他的儿子安庆绪为了争夺权力将其杀死，又自立为皇帝。可当时叛军实际权力掌握在安禄山年轻时的伙伴史思明手中，经过一番权力争夺，史思明将安庆绪杀掉，自立为帝，带领叛军继续对抗大唐。

此时，皇帝是唐肃宗李亨，他非常倚重郭子仪、李光弼二位良将，授李光弼为户部尚书、同中书门下平章事（宰相职务），并令他为北都太原留守。李光弼当即率军五千人赴太原防御叛军。

至德二年正月，史思明带领十万兵力前来进犯太原，李光弼守城队伍仅有万余人。李光弼一面利用太原城防固守，一面瞅准时机出城反击。他们在城墙上安装了大量的抛石机，使攻城的叛军伤亡惨重；又在城中向城外挖地道，出口就在叛军大营内。夜半月明时，他们从地道中一跃而出，杀向熟睡中的叛军，一战就斩杀叛军一万余人。史思明看到无望攻下太原，又看自己损失惨重，只好退兵。

太原之战显示了李光弼卓越的军事才能，唐肃宗得到捷报很是高兴，特地下诏奖赏。

乾元二年（公元759年）九月，史思明集结重兵分兵四路南下进攻。李光弼此时任朔方节度使、天下兵马副元帅（天下兵马元帅由唐肃宗儿子担任，李光弼是事实上的平叛主帅）。史思明先是攻陷汴州（今河南开封市），然后再向西进攻。当时的中原大地（包括东都洛阳城）由于战乱破坏，已经无险可守。有人建议李光弼退守潼关，将中原让给叛军。李光弼不同意道："两军相对，宜于向前进攻，忌讳向后退却。我现在若是轻易放弃中原，只会长贼人气焰，灭自己威风。现如今应该将洛阳军民移入河阳城（今河南孟州市），在那里和贼人相持，使贼人无法向西进犯，方为上策。"河阳城位于和洛阳城一河之隔的黄河北岸，当时的城防还算坚固。

史思明引军进入洛阳城，得到的只是一座破败空城。他担心李光弼截断他的退路，果然不敢再向西侵犯，就全力来进攻河阳城。

史思明在黄河南岸调集数百艘战船向北进攻，在船队最前方安排了一列火船，试图烧掉河阳城的防御设施和通行浮桥。李光弼令人造了数百支长杆铁叉，先将那批引火船抵住。引火船不能前进就自燃了，这些铁叉再抵住后面的战船。李光弼又下令城墙上的士兵用抛石机发射石头，只见飞出的石头将船上的敌人砸得鬼哭狼嚎。

因此，史思明的这次进攻也失败了。

过了几日，史思明从黄河以北召集队伍，将河阳城团团围住。李光弼让部将李抱玉在南城驻守防御敌人，自己则亲率主力向敌军进攻。他一马当先，向部将下令道："你们要按我的旗子指挥作战！若令旗挥动缓慢，你们可以根据周围的形势自主作战；若令旗急速挥动三下，就要全军同心协力奋勇前进，敢有退者斩！"李光弼此后不断地挥动令旗，诸将士大声呼喊、奋勇杀敌，最终取得了胜利，共斩杀叛军一万余人，俘虏八千人，史称"河阳大捷"。此后，李光弼在河阳城坚守十七个月，将叛军牵制在中原地区，使他们无力向潼关以西进犯。

可惜后来唐肃宗在宦官的蛊惑下头脑发热，命令李光弼南渡黄河进攻洛阳城。李光弼认为当时进攻时机不成熟，奈何唐肃宗一意孤行，结果唐军在进攻洛阳时大败。李光弼只好率领败军北渡黄河退到闻喜（今山西闻喜县）。

叛军得胜后开始内讧了。和安禄山父子一样，史朝义为了夺取权力不惜杀了父亲史思明。这些内讧严重地削弱了叛军力量。

到了宝应元年（公元762年），新皇帝唐代宗继位，依旧重用李光弼，授其为河南副元帅、太尉兼侍中，统率河南、淮南、江南、浙江等八道行营节度，出镇临淮（今江苏盱眙市），领军进攻史朝义叛军。李光弼不负众望，相继收复许州（今河南许昌市）、泗州（今安徽泗县）、宋州（今河南商丘市）等地。

唐代宗此时又借来回纥兵，下令官军与回纥兵一同进攻洛阳。

公元763年正月,被围困的史朝义走投无路,只好自杀。史朝义之死,标志着历时八年的"安史之乱"结束。

李光弼在八年内乱中一直是唐军平叛主将之一,展现了出色的军事才能,为平息内乱立了头功。对于李光弼在平息"安史之乱"中的功绩,后世称其"战功推为中兴第一"。

## 力挽狂澜

郭子仪是华州郑县(今陕西渭南市华州区)人,通过武举考试被授予基层武官职位。他在边关打仗骁勇,又善计谋,接连立功被唐朝重用。到天宝十三载(公元754年),已经升任为左武卫大将军兼朔方节度右厢兵马使。"安史之乱"爆发之后,唐玄宗任命正在家中守孝的郭子仪为单于安北副大都护、朔方节度副大使,让他率领朔方军讨伐安禄山。

郭子仪后来在平定"安史之乱"的八年战争中,指挥或参与了攻克河北诸郡之战、收复两京之战、邺城之战等,战功显赫,兵权在握。由于宦官鱼朝恩构陷,将相州之战的失败归罪在郭子仪的身上。郭子仪被剥夺兵权,从此开始了赋闲岁月。

"安史之乱"被平定后,广德二年(公元764年),河北副元帅仆固怀恩举兵反叛,引军劫掠并州(今山西大部)多个县城。因仆固怀恩曾是郭子仪的下属,唐代宗任命郭子仪为元帅领兵前去讨伐。

仆固怀恩手下将领大多是郭子仪的旧部,他们看到老上司前来,纷纷阵前投降。两军还在榆次(今山西榆次市)打了一仗,仆固怀恩大败，他儿子也阵亡了。仆固怀恩只好带领少数士兵逃往灵州（今宁夏吴忠市境内）。

到了第二年，仆固怀恩游说吐蕃、回纥、党项、吐谷浑等部族，纠集大军三十万，自西向东攻击。回纥与吐蕃队伍走在最前面，眼看就要攻到长安城。这时郭子仪领兵一万急行军到达泾阳（今陕西泾阳县）防守，此地离长安城不足百里。

前来进攻泾阳的是回纥数万骑兵，郭子仪先将城防布置好，然后带领两千骑兵出城和回纥兵对阵。

回纥首领看到城中出来两千马骑，又见一名白须老将走在最前面，他们人数不多却毫无恐惧之色，就有些诧异问左右道："前面这位老将是谁呀？"

身边人答道："他们有旗帜，这位老将正是郭令公！"

回纥首领大惊道："郭令公？那仆固怀恩对我说唐朝皇帝已经放弃天下，郭令公也死了。我是听说天下无主，郭令公又不在，才入中原讨些便宜的。看来是仆固怀恩骗了我呀！"

郭子仪在前方不远处站定，大声对回纥首领说道："你当初出兵帮助大唐收复两京，皇帝陛下和我都没有忘记。你现在却和一个叛臣交好，与大唐为敌，实为不智啊！"

回纥首领答道："实在是误会啊！我是听了仆固怀恩的挑唆以为郭令公不在了，才兴兵来此啊。郭令公，我们就在阵前当面晤谈如何？"

郭子仪满口答应，但众部下拦阻，说不可轻信回纥人。郭子仪坚持前往,众将只好退让一步,要选出五百铁骑勇士跟随。郭子仪不许,仅带三十余骑前去和回纥首领会面。

两人见面寒暄之后,回纥首领表示不与大唐为敌,和仆固怀恩划清界线。但是回纥首领又提出了一个条件,不管在任何条件下,都要保全仆固怀恩家人的性命,原因是仆固怀恩将女儿嫁给了回纥大首领,有姻亲关系。

郭子仪当场答应。

郭子仪又想到联合回纥共击吐蕃的主意,便劝说道:"吐蕃不顾我们甥舅之国的关系,累累入侵大唐境内杀人放火,劫我牛羊猪马。他们抢掠的财物太多了,以致无法运回,现在堆在一个山谷中,竟绵延百里。这样吧,你们和我方联手进攻吐蕃,定可全胜。那些财物战后都归你们。"

这些部族进犯中原,主要目的就是获取财物。回纥首领已经答应不与大唐为敌,若空手退回,毕竟有些遗憾。现在郭子仪提到那一大笔财富,回纥首领想到打败吐蕃就有望获得,不禁喜出望外,当即答应。

大唐和回纥联军向西追到灵台西原(今甘肃泾川县境内)将吐蕃军队合围,共斩杀吐蕃五万余人,生擒一万余人,俘获牛马及财物不可胜数。郭子仪兑现承诺,回纥兵满载而归。

仆固怀恩当初说动这些部族兵马充当先锋,自己则率领本部兵马走在后面。当他们行走到鸣沙(今宁夏青铜峡)的时候,仆固怀恩竟暴病死在军中。当郭子仪联合回纥兵打败吐蕃兵马之后,又顺势

将仆固怀恩的兵马拿下。这次叛乱彻底被平定。

大历元年（公元766年）十二月，华州（今陕西渭南市华州区）节度使周智光领兵反叛，唐代宗下令郭子仪率军讨伐。华州守军得知郭子仪亲自来讨伐，纷纷投降。有两名将领更是将周智光杀掉，将华州城门打开迎接郭子仪入城。

郭子仪于建中二年（公元781年）逝世，享年八十五岁。他生平经历了唐玄宗、唐肃宗、唐代宗、唐德宗四任皇帝。当他于广德二年（公元764年）正月重掌兵权的时候，已经是六十八岁的高龄。他相继平定了仆固怀恩和周智光的叛乱，还说服回纥退兵，击退吐蕃兵马，平定河东地区，为唐王朝疆土完整与统一起到中流砥柱的作用。

# 江州司马

《琵琶行》中"座中泣下谁最多？江州司马青衫湿"一句，让人们记住了大诗人白居易曾经的困顿时光。

白居易生于大历七年（公元772年）正月，此后跟随父母辗转中原大地，在动荡中度过了自己的童年时光。他自幼聪颖过人，能写出一手好诗文。大约十五岁的时候，白居易带着自己的作品前去拜访当时的大文人顾况。也就是所谓"干谒"，即文人拿着自己的作品谒见高官显贵，以图获得赏识从而晋身仕途的行为。顾况看到白居易的姓名，调笑道："现在米价颇贵，在京城居住很不容易啊（米价方贵，居亦弗易）。"他用白居易的名字开玩笑，明显轻视眼前这位年轻人，同时告诫白居易京城是不好混饭吃的。

当顾况展开白居易带来的作品，看到第一首诗写道："离离原上草，一岁一枯荣。野火烧不尽，春风吹又生。"脸上的轻视顿时化为庄重，赞叹道："能写出这样的诗句，在京城居住就容易了（道得个语，居即易矣）。"顾况从此到处赞扬白居易，使他声名大振。这首名为《赋得古原草送别》的诗就成了白居易的成名作。

可惜白居易的仕宦道路不太顺利，他参加科举考试，多次名落孙山，一直到二十八岁那年方才考中进士，被授予九品小官，且一干就是九年。到了元和元年（公元806年），方才被授为盩厔（zhōu zhì，今陕西周至县）县尉。白居易在盩厔任上时，友人陈鸿、王质夫来访，三人到马嵬驿游玩。在"安史之乱"时，唐玄宗逃到此处，在随军将士胁迫下吊死了杨贵妃。有感于历史，王质夫鼓励白居易将唐玄宗与杨贵妃的故事写成一诗。白居易欣然从命，写就一首长诗，这首诗也成了流传千古的名作。因为最后两句为"天长地久有时尽，此恨绵绵无绝期"，该诗被命名为《长恨歌》。同行的陈鸿，也写了一篇传奇小说《长恨歌传》。

《长恨歌》堪称鸿篇巨制，全诗通过描写唐玄宗和杨贵妃的爱情生活、唐玄宗怠政误国导致叛乱发生、杨贵妃被赐死等情景，批评了唐玄宗沉迷美色延误国事，而使山河破碎的自私自利，同时抒发对两人爱情悲剧的同情、感叹。长诗艺术性很高，诸如"回眸一笑百媚生，六宫粉黛无颜色""渔阳鼙（pí）鼓动地来，惊破霓裳羽衣曲""在天愿作比翼鸟，在地愿为连理枝"等美妙诗句，被后人传诵不绝。

唐宪宗很欣赏白居易的文才，下令将他调入京城任左拾遗（谏官的一种），并授为翰林学士。

白居易决心以唐太宗时期的魏徵为榜样，积极向朝廷上书提意见。他还利用诗歌来讽刺一些不合理之处，这类诗被称为"讽喻诗"。白居易还认为应该施行仁政，他写了大量的讽喻诗，是继杜甫之后,又一位杰出的现实主义诗人。

可没想到他的讽喻诗竟惹得唐宪宗大为不快,怨怒道:"白居易小子,是朕拔擢致名位,而无礼于朕,朕实难奈(白居易小子,是我重用他,他反而对我无礼,弄得我很难堪)。"那些被白居易得罪过的人看到皇帝这样的态度,便开始落石下井。他们捏造白居易越职言事和不孝的罪名,唐宪宗竟信以为真。元和十年(公元815年),白居易被贬官为江州(今江西九江市)司马。

贬官江州给白居易带来了沉重打击。一个秋日傍晚,他在江州渡口遇到一个琵琶歌女。歌女应邀弹了一曲,白居易心绪起伏,若有所思,回到寓所后,挥笔写下长诗《琵琶行》。

《琵琶行》是一首艺术成就极高的长篇叙事诗,通过对琵琶女高超弹奏技艺和不幸遭遇的描述,揭露当时官场腐败以及民生凋敝现象。诗中"同是天涯沦落人,相逢何必曾相识"等句子,表达了白居易对琵琶女的同情和自己无辜被贬的愤懑之情。

诗中用秋日瑟瑟作响的枫叶、荻花,以及茫茫江月构成了孤寂的画面,烘托出凄凉落寞的意境。

长庆元年(公元821年),由于新皇帝唐穆宗非常欣赏白居易的文才,授他为朝散大夫(属于五品官员)。此后,他辗转任杭州刺史和苏州刺史等职务。在杭州任上时,他积极修筑西湖堤防、疏浚六井;在苏州刺史任内,他开凿了一条西起虎丘东至阊门的山塘河,又在山塘河北岸修建道路,名为"山塘街"。山塘街是今日苏州著名的景点之一,也是中国历史文化名街。

白居易晚年定居在洛阳履道里,会昌六年(公元846年)逝世,享年七十五岁。他一生创作了两千八百多首诗,八百多篇散文。

唐诗一大特点就是诗词可以入乐。得益于音乐可以传唱,白居易每次新诗一俟(sì)写成,很快流传天下。当时从京城长安到江西地面三四千里之间,在乡间的学校、佛学寺院、旅舍与行船之中,往往题有白居易的诗句;不管是士族和百姓、和尚与道士,还是孀妇与少女各色人等,都能够吟唱白居易的诗篇。当时一个高官要选聘歌女,有个歌女自诩能够吟唱白居易的《长恨歌》,身价要得比普通歌女都高。白居易逝世后,唐宣宗在追悼诗中写道:"童子解吟《长恨歌》,胡儿能唱《琵琶篇》。"

## 藩镇割据

藩镇又称方镇,是唐朝为保卫边疆安全而设立的军事重镇,唐玄宗在天宝年间设立的十个节度使,就是最早的藩镇。

藩镇主要任务就是防卫边疆,起初其兵源调配由中央政府负责。唐玄宗于开元年间将执行了百余年的府兵制改为募兵制,藩镇从此有自行征兵权。

征兵数量取决于有多少钱粮,藩镇取得征兵权后,钱粮需要中央政府调配。当时唐朝在全国设立十五个道,每个道管理若干州县,朝廷从京城派出大员负责各道的监察工作。这些大员名为采访使,藩镇的钱粮调度由该区域采访使负责。

譬如幽州节度使在河北地面办公,钱粮调度就由河北采访使负责。安禄山担任幽州节度使后,觉得钱粮对自己牵制很大,于是利用李隆基对自己的宠信,说服他让自己兼任河北采访使,皇帝竟然很爽快地答应了。安禄山就把整个河北道当成自己的地盘,拥有了在当地最高的军政大权。

后来唐玄宗又让安禄山兼任平卢节度使和河东节度使,使安禄山的军事地盘又扩大不少。唐玄宗还让安禄山兼任闲厩使、陇右群牧使职务,使他获得大批战马。这样,安禄山不但掌握了相对区域内的绝对权力,还有了与中央政府叫板的实力。在野心驱使下,他悍然发动了动摇唐王朝根基的叛乱。

节度使和采访使权力都很大,如果二者权力分开,即使藩镇拥有军事力量,也是无法形成割据的,但安禄山用权谋将两种权力集于一身。"安史之乱"结束后,这种管理模式就成为此后唐朝区域管理的惯例,一些藩镇动辄不服从中央的管理而自行其是。他们的割据侵蚀了唐王朝的统一肌体,唐朝也就逐步衰落了。

"安史之乱"中,唐朝继续保留西北、剑南、岭南等边疆地区藩镇,为了对付叛军,在中原及河北地区新设立了许多藩镇。宝应二年(公元763年),安禄山的部将田承嗣看到叛军大势已去,主动投降,向唐军献出莫州(今河北任丘市境内)。唐代宗于是任命田承嗣为魏博节度使,让他驻扎在魏州(今河北大名县),管理魏、博、德、沧、瀛五个州。此外,同样是叛军降将的李宝臣成了成德节度使,管理着河北中部的州县;薛嵩为相卫节度使,管理相、卫、洺、邢四州;李怀仙为幽州节度使,管理河北北部地区。

田承嗣等四人不向中央政府效忠,他们大肆修缮城池,扩军加强训练,各自拥有数万精兵,手下文武官员由个人任命,将地方税收贡赋据为私有,唐朝从此对他们失去控制。

其中,以魏博节度使田承嗣最能折腾。

田承嗣在所管辖的区域内大幅度提高税费收入,大量制造兵器和盔甲，短短数年间就拥有了一支十万人的常备军。手中有了兵力，田承嗣决定扩大地盘。他先是引诱昭义军兵马使裴志清归顺自己，这样就夺取了相州（今河南安阳市）；此后派出三路兵马攻取了洺州（今河北永年县）、卫州（今河南卫辉市）、磁州（今河北磁县）。如此一来，田承嗣就控制了河北大部分州县。

唐代宗见状忍无可忍决定讨伐，并派出九路节度使领兵将田承嗣包围。一番大战之后，田承嗣的魏博军大败，手中的磁州和卫州也被官军攻下。田承嗣看到势头不妙，急忙派人到京城求见皇帝，表示自己要自缚到京城投降。唐代宗轻信田承嗣，指示官军停止进攻。

可是唐代宗左等右等不见人来，原来这是田承嗣的缓兵之计，他本人正在魏州设法分化前来进攻的各路节度使。经过田承嗣一番操作，他将兵力最雄厚的南北两路节度使离间成功，最后让这场声势浩大的军事行动无疾而终。

田承嗣这时又两度向皇帝上表，请求入朝谢罪。唐代宗无计可施，只好赦免田承嗣之罪，恢复他的官爵。可是田承嗣还是没有一点儿入京的意思，他派兵渡过黄河侵入滑州（今河南滑县），继而挥兵向南威逼汴州（今河南开封市）。

唐代宗看到田承嗣故技重施，就再次下诏派兵讨伐。田承嗣又急忙上表请罪，朝廷再次下旨停止讨伐，可是田承嗣依旧不离开自己的势力范围。直到大历十四年（公元779年），田承嗣因病死去。死前他还牢牢地把持着魏、博、相、卫、洺、贝、澶七州土地，并遗命自己的侄子继承自己的位置。

从公元763年田承嗣向唐朝投降开始算起,到他病死,田承嗣足足折腾唐代宗十六年。在这期间,田承嗣在自己势力范围内大肆盘剥百姓,引发了声势浩大的中原大战。当时河北地区经济十分发达,是国家重要的财税贡献地,还具有控遏河朔、屏障关中、沟通江淮的战略地位。这场动乱重创了河北经济,极大地消耗了唐朝国力。

此后,一些地方节度使一旦势力稍强,就和中央政府反目为仇。

到了唐朝后期,举国皆是藩镇。乾符二年(公元875年),盐商黄巢领兵起义。唐朝中央政府征集各个藩镇士兵围攻,可这些藩镇不把精力放在攻打起义军上,反而借机大肆扩充自身实力。此前大部分藩镇还服从中央政府,现在势易时移,大批藩镇不仅割据一方,并且很快转入互相兼并的战争中。如杨行密、王重荣、李克用、高骈、董昌、钱镠等人通过兼并,成为势力庞大的藩镇。这样,唐朝就变得名存实亡了,灭亡成为其必然的命运。

## 茶圣陆羽

开元二十一年(公元733年)的一天,竟陵(今湖北天门市)龙盖寺住持智积和尚来到城西西湖之畔,突然听到草丛里传来小儿啼哭声。他拨开草丛,发现一个弃儿正躺在襁褓中,惹人怜惜。智积和尚不忍心,就将小儿带回龙盖寺中抚养。这孩子在智积的照顾下,慢慢长大。他长大后好学不倦、学问日增,某日读《易》得到启示,于是为自己定姓为"陆",取名为"羽",又以"鸿渐"为字。

当时僧人们非常喜欢饮茶,陆羽自幼在佛寺中生活,受其影响,对茶叶及饮茶方法产生了浓厚的兴趣。二十一岁时,他产生了写作《茶经》的念头,为此开始对茶进行游历考察。他先是经过襄阳、南漳进入巫山(今湖北、重庆、湖南交界的连绵群峰)地区,在群山中和茶农讨论茶事,将各种茶叶制成标本,还写下大量笔记。当然,考察过程是很辛苦的,他基本上是饥食干粮、渴饮泉水。

数年间,陆羽实地考察了二十多个州。上元元年(公元760年),因安禄山叛乱,中原进入混战时期。此时,陆羽二十八岁,他向东南方向行走,就在苕溪(今浙江湖州市)隐居下来。在此期间,他又对东南地区的茶事进行细致考察,然后写就世上最早的一部茶叶专著——《茶经》。

《茶经》分三卷共十章,约七千字。书中阐述了茶的起源和功用品质,详述了茶具、水源、采茶、制茶、煮茶等具体事项,系统地总结当时茶叶采制、生产方法和饮用经验等,开创了中国茶艺之先河。

唐代茶叶产地和品种有较大发展,当时茶叶可分为觕(cū)茶(粗茶)、散茶、末茶及饼茶四类,以蒸青团茶为主。陆羽《茶经》中提及的茶叶产地甚多,共有数十处盛产茶叶的山谷,如峡州远安、宜都、夷陵三县山谷,荆州江陵县山谷,光州光山县黄头港,蕲州黄梅县山谷,湖州长城县顾渚山谷,婺州东阳县东自山等。这些地方到今天还是名茶产地呢。

唐人对煮茶用水质量要求很高。陆羽认为山水为优,江水次之,井水最差,其中扬子江(即长江)南零水名列第一。唐代著作《煎茶水记》中记载了陆羽鉴别南零水的故事,可以看出唐代人对煮茶用水的挑剔。

唐代宗时期,李季卿出任湖州刺史。他走到扬子江畔正好遇到陆羽,于是邀其同船而行。李季卿看到茶道高手在侧,又想停船地方离南零水源(今江苏省扬州市境内)不远,就派出几个士兵乘着小船去取水。不料这几个士兵将取来的一桶南零水泼洒过半,只好在江边取水补足。陆羽从中取出一瓢水品尝,立即指出"此为近岸江中之水,非南零水"。李季卿下令士兵再去取水,士兵这一次不敢造次,陆羽再次品尝后方微笑道:"此乃真正南零水也。"

唐代时人们的喝茶方式以煮茶为主。陆羽《茶经》中设专章对煮茶方法进行总结，煮茶大致有几个步骤，首先将茶饼炙干，用茶碾子碾成细碎粉末；其次，在茶釜中煎水，煎茶三沸之后，就可将茶釜从茶炉上移开，向案上茶盏中分茶。

另外唐人喝茶，习惯豪饮。有一则郎士元和马燧斗茶的故事，说在唐德宗时期，大诗人郎士元某日说了一句"郭令公不入琴，马镇西不入茶"，讽刺郭子仪不会欣赏琴艺，当时的宰相马燧饮茶不入流。

郭子仪此时已经逝世，宰相马燧号为"马镇西"，他作为武将多年威震西北边陲，为人强势。郎士元的讥语传入其耳中，出于武人的好胜心，他力邀郎士元到自己家中饮茶，意欲比拼一番。

在郎士元来家之前，马燧预先吃了一顿"古楼子"（一种裹有羊肉馅和牛油的胡饼），当郎士元入门之时，马燧已经喉干舌燥，当即令人烹茶，随后两人各饮二十余瓯（ōu）。可怜郎士元空腹而来，加之年事已高，顿觉虚冷腹胀，遂屡屡辞别。马燧当即激动道："你说过'马镇西不入茶'，我们仅仅喝了数瓯，为何忙着告辞呢？"弄得郎士元无计可施，只好继续陪饮。郎士元好歹又饮了七瓯，顾不得颜面固辞而起，但未及上马，就已"气液俱下"。马燧报了此仇，郎士元却因此病了十余日。

当今的饮茶习俗是继承明代以来的冲饮方法，且深受《红楼梦》中妙玉引用清代的俗语影响，即"一杯为品，二杯即是解渴的蠢物，三杯便是饮驴了"。讲究细品，不得豪饮，这是唐人与今人饮茶的最

大区别。

《茶经》中还用大量篇幅介绍采茶制茶用具、茶的种类和采制方法、煮茶器皿以及饮茶用具,被誉为茶叶的百科全书。

陆羽撰成《茶经》,开启了一个茶的时代。他被后世誉为"茶仙",尊为"茶圣",祀为"茶神"。

陆羽系统地总结了茶的艺术,将一种生活方式上升为系统的文化理论。此后由于唐代文化的强势输出,中国的茶文化也快速推向世界各地,从"丝绸之路"到"茶马互市","茶"逐渐成为中国的一个符号,陆羽在其中的作用居功甚伟。

## 元和中兴

永贞二年(公元806年)八月,皇太子李纯继位,即后世所称的唐宪宗,改年号元和。

"安史之乱"打破了盛唐繁华,长期的拉锯让中国北方陷入悲惨境地,致使人口锐减,土地荒芜,还留下藩镇割据局面。唐宪宗继位后面对的是破碎的山河。

唐宪宗决定学习唐太宗和唐玄宗的治国方略,减少臣民竞相献祥瑞的荒唐之举。他下令修订相关律令,整顿科举考试,大力裁减冗员,加强财政管理。他还注意任贤纳谏,相继任用杜黄裳、裴度、李绛等贤臣为相,从而保证朝廷大政方针得以顺利实施。

面对藩镇割据的局面,唐宪宗决定行削藩大计。恰在此时,剑南西川节度使(辖成都、绵州、汉州等地)韦皋病死,行军司马刘辟未经朝廷批准擅自留后继任;夏绥(治所夏州,今陕西靖边县)节度使韩全义将兵权交给外甥杨惠琳,并由杨惠琳代理夏绥留后。

刘辟和杨惠琳显然以河北藩镇为榜样,藐视中央权威,意图割据一方。唐宪宗坚决不妥协,下诏天德、河东两军征讨杨惠琳。在唐军压迫下，夏绥军内讧，杀了杨惠琳向朝廷投诚。受此鼓舞，唐宪宗任高崇文为主帅，统兵五千前去讨伐刘辟。战事非常顺利，刘辟最终兵败被擒，被解往长安处斩。诸藩见状心生惶恐，不敢再造次。于是，一些藩镇纷纷上书朝廷，以申服从之意。

河北的幽州镇(卢龙军)、恒冀镇(成德军)和魏博镇(天雄军)是诸藩中的强镇，这三镇又和黄河以南的淮西镇(彰义军)、淄青镇(平卢军)互为支援，联合起来对抗中央，辖区里赋税自享，职位世袭。唐宪宗想要削藩，必须先解决这五镇。

元和四年(公元809年)，恒冀节度使王士真病死，其子王承宗自立为留后。唐宪宗决心打破"父死子继，兄终弟及"的藩镇世袭制，下诏剥夺王承宗官爵，任吐突承璀为主帅，命其率领神策军并会同其他藩镇讨伐王承宗。但战事并不顺利，其他藩镇貌似恭顺中央，却同王承宗沆瀣一气。这场战争朝廷发兵二十余万，花费大量钱粮，耗时半年多，最终却铩羽而归。

唐宪宗遭此挫折方才明白，对付藩镇不可一味采取刚强办法。李绛等大臣向唐宪宗建言，鉴于河北三镇割据势力根深蒂固，辖下将士和百姓只知有镇帅而不知有朝廷，若采用强压措施会加强他们内部团结，在这种情况下，最好采取安抚政策。在没有外力压迫的情况下，这些藩镇就会产生内部争斗。这样，朝廷的机会就来了。

唐宪宗接受了李绛等人的建议。果然，元和七年(公元806年)七月，魏博节度使田季安病死，立其十一岁儿子田怀谏为主。经过一番争斗，将士们欲拥立田兴为主。田兴与诸藩骄兵悍将不同，据

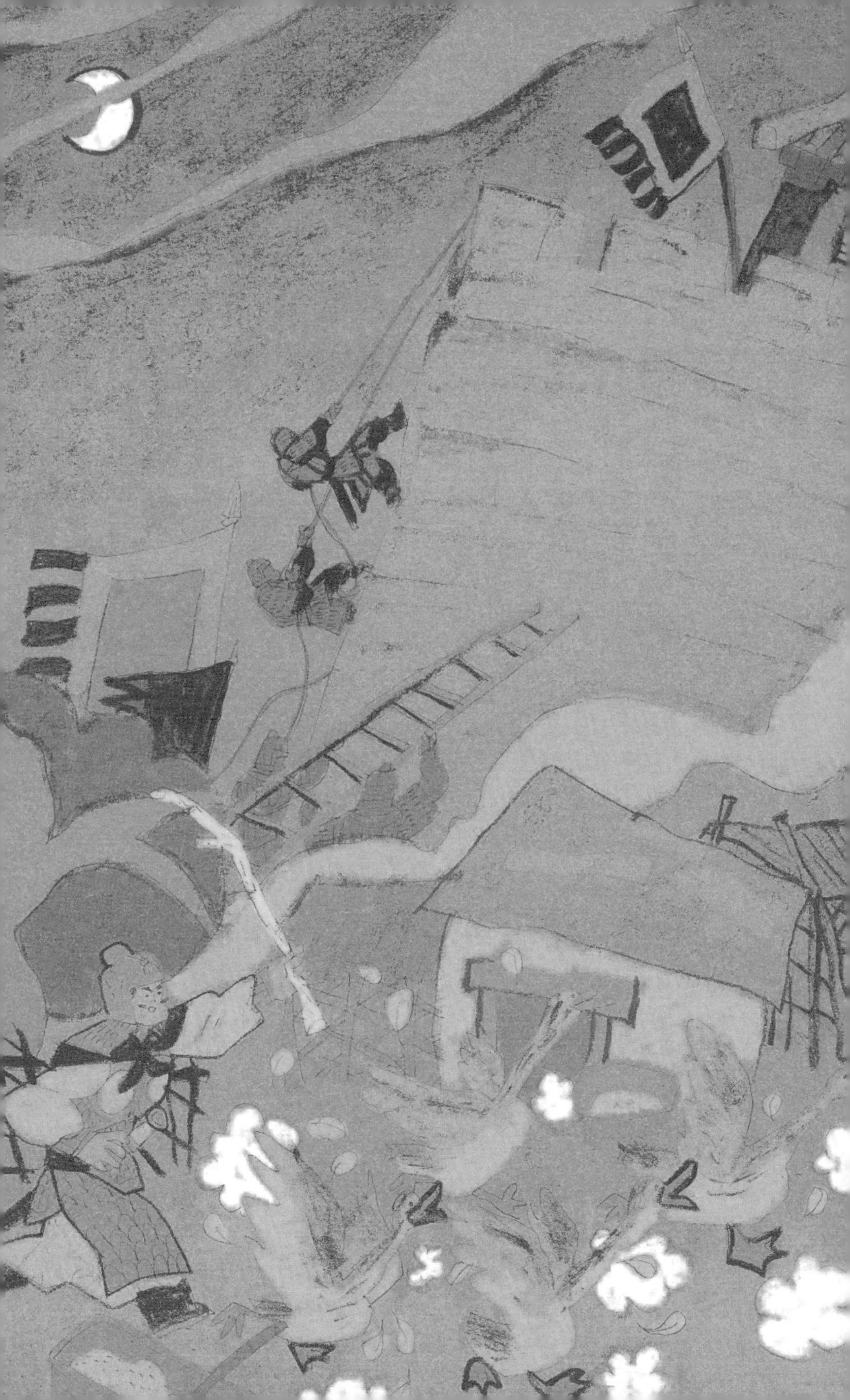

记载他骁勇善战，爱读书且有谋略，性格谦虚谨慎。对将士们的拥戴田兴起初不肯答应，耐不过将士们盛情，最后勉强同意，不过他与将士们约法三章：一是不能杀田怀谏；二是遵奉朝廷法令；三是向朝廷奉上魏博的典册图籍，请朝廷任命各级官吏。唐宪宗接报后于十月十九日下诏，授田兴魏博节度使之职，赐钱一百五十万缗（mín），并免除魏博百姓一年税役。

从此，魏博严格执行朝廷法令，按时缴纳各项赋税，正式归顺朝廷。到了元和十三年（公元818年）正月，淄青节度使李师道请求派长子入朝为质，献沂、密、海三州之地，表示愿意归顺中央；四月，恒冀节度使王承宗把两个儿子送往长安为质，并献出德、棣两州，将征税和官吏任免权归还朝廷；同月，幽州节度使刘总向上表，宣誓效忠朝廷。至此，跋扈多年的藩镇对中央表现出前所未有的敬畏和服从。

当然，朝廷仅靠怀柔政策并不能彻底解决问题。元和九年（公元814年），淮西节度使吴少阳病死，其长子吴元济自立为主。于是唐宪宗削夺吴元济原有官职，诏令官军前去讨伐，并派宰相裴度为彰义节度使到前线督战。

裴度接受部将李愬（sù）建议。于是，一场中国军事史上的经典奇袭战例出现了。十一月的一天，天气异常寒冷，四野刮着大风，狂风裹挟着大雪。李愬命李祐率三千敢死队为前锋，自领三千人为中军，再命田进领三千人断后。队伍乘夜色急行六十余里到达张柴村。李愬此时才向将士们宣布此行目的："入蔡州（今河南汝南县）

取吴元济!"

将士们从张柴村出发后,又急行七十余里,终于抵达蔡州城下。

李愬看到城下有个鹅鸭池,就令人拿着棍棒去赶鹅鸭,这样鹅鸭的呱呱乱叫声盖过了军马行进的声音。在夜色中,李祐率领敢死队登上城墙,并突破第二重城门。从睡梦中惊醒的吴元济只好举手投降,割据三十余年的淮西镇终于克复。

元和十三年(公元818年),唐宪宗发动了平藩的最后一仗。前面说过,淄青节度使李师道于正月遣使奉表请求归顺朝廷。得知李师道要把儿子送往长安为质,其妻子魏氏大动肝火,非常恼怒,于是怂恿李师道的另外几个姬妾一起吹枕头风反对。结果,李师道听信妇人之言,不同意割让三州,惹得唐宪宗震怒。当年秋天,唐宪宗下诏令五镇官兵共同讨伐李师道。

此时中央权威已然树立,诸藩打仗十分卖力,平卢军节节败退。关键时候,李师道又对前方大将刘悟起了疑心将他逼反。刘悟返身带领官军杀入李师道老巢郓城,斩杀李师道父子,淄青镇从此归顺中央。此战之后,北方诸藩皆归顺中央,官吏任用和租赋收入皆由朝廷掌握了。

## 甘露之变

甘露之变是指发生于公元835年（太和九年）十一月的一次宫廷政变，结果宦官得势，朝廷中许多官员被杀。因为事发时观赏石榴树上降下的所谓甘露，就用甘露命名了这次政变。

"安史之乱"后，宦官势力逐渐强大，他们可以决定皇帝人选，甚至可以杀死皇帝，从而挟制天子以令天下，彻底掌控了大唐政权。

唐文宗依靠宦官势力当上皇帝，他不像其父兄那样怠慢政事，而是励精求治，渐渐不满宦官横行霸道，想要限制宦官权力。

唐文宗刻意在大臣中培育亲信，李训和郑注就是由宦官推荐因而高升的大臣。在与他们二人长期的共事过程中，唐文宗发现二人内心也非常痛恨宦官干政，于是同他们密谋共同对付宦官。

因为李训和郑注是宦官亲信，所以他们君臣三人来往亲密，众宦官们没有任何防备之心，也乐见皇帝接连提拔他们二人。到了太和九年九月，李训被任为礼部侍郎、同平章事，成为宰相；郑注被任为凤翔节度使，手中掌握了兵权。

唐文宗下令杖杀了参与杀害唐宪宗的宦官陈弘志，随后又派人赐给大宦官王守澄一杯毒酒。王守澄不敢反抗,服毒而死。

此时,郑注和李训商议,待到王守澄葬礼时,届时由郑注在凤翔军中挑选数百名壮士,让他们携带武器事先埋伏在郊外河边墓地,然后一拥而上砍杀全部宦官。

可是李训转念一想,这个计划一旦成功,那么诛除宦官的功劳就归于郑注身上,不如自己利用身在京城的有利条件先一步起事,那事成之后,自己就是第一功臣。于是,李训召集自己亲信将领郭行余、韩约、王璠、罗立言等人密谋,并和另外一名宰相舒元舆通了气。

太和九年十一月二十一日早晨,朝会按例在大明宫的紫宸殿举行。百官站定后,大将军韩约一反常态报告道:"陛下,左金吾衙门后院的石榴树上,昨晚有甘露降临,此为祥瑞啊!"唐文宗表态说身边宦官已经向自己报告过此事,于是百官全体躬身向皇帝道贺。

唐文宗命令宰相率领百官到左金吾后院查看甘露,他们查看后由李训报告称,树上落下的不像真正的甘露,建议皇帝不要向全国宣布。唐文宗很诧异,命令宦官头目仇士良、鱼弘志带领众宦官再去查看。

宦官们离开大殿之后,唐文宗下达了诛除宦官的命令。李训招来郭行余和王璠道:"速接陛下圣旨。"王璠此时已经吓得两腿发软不能动弹,只有郭行余一人拜倒接旨。

李训事先布置,让韩约在左金吾后院埋伏刀斧手,一旦宦官来到立刻斩杀;再令郭行余和王璠带领数百人立在宫外,接到圣旨后

进入大殿保护皇帝,并截杀宦官。现在王璠临阵怯场,宫内兵力就少了一半。

韩约陪同仇士良率领宦官到左金吾后院去察看甘露,他心中不安,紧张得浑身流汗,脸色也十分难看。仇士良觉得很奇怪,问道:"现在寒气逼人,将军为什么大汗淋漓?莫非生病了?"韩约吞吞吐吐,使机警的仇士良暗生疑窦。

一行人进入后院,仇士良隐隐地听见不远处有兵器碰撞声音,心中大惊。这时突然一阵风将院中的帐幕吹起一角,仇士良瞥见那里有一些手执兵器的士卒。他心道不好,急忙招呼随行宦官退出,然后一马当先向紫宸殿跑去,意图将皇帝掌握在自己手中。他带人闯入大殿,对唐文宗说道:"事情紧急,请陛下速到后宫躲避。"随后抬来步舆,将唐文宗硬推上去,然后向北疾奔而去。

李训看到仇士良欲把皇帝带走,一边向那些士卒喊道:"速速上殿保护皇帝,每人可以赏钱百缗!"

士卒们踌躇不前,李训只好自己上前拉着步舆,对唐文宗喊道:"臣奏请之事尚未完毕,陛下不可退朝。"

这时,郭行余和罗立言带领的人已经进入大殿,并且追上退却中的宦官队伍,击杀了断后的数十名宦官。李训死死拉着步舆不放,宦官郗志荣挥拳奋击李训的胸部,李训被打倒在地。唐文宗的步舆进入宣政门后,大门随即关上将追兵挡在外面。宦官们看到身已安全,皆大呼万岁流涕不已。

仇士良等宦官决定报复,他们调来左右神策军精兵五千人,分别从大明宫左右两路向南冲击,结果尚在宫中的六百多名官员及士卒全部被杀死。

此后数日,仇士良再令左右神策军各出动骑兵一千多人出城追击逃亡的贼党,同时派兵在京城大搜捕。李训、舒元舆、王璠、韩约、郭行余和罗立言等骨干皆被捕被杀,郑注在凤翔也被诱捕斩杀。

"甘露之变"后,唐文宗被软禁在宫中,宦官通过挟持皇帝,牢固地掌握着国家的军政大权。至于宰相及以下官员,只能按照宦官指令书写文书而已。

# 朋党之争

所谓朋党之争，就是古代官员结成不同派别的团伙，他们不以国家利益为重，而是为了小团体的利益争斗，历史上将这种现象称为"朋党之争"。唐代后期，国家陷入藩镇割据局面，宦官大肆专权，朝廷官员竞相结为朋党，使朝政陷入无序状态。

元和三年（公元808年），科举考试时，牛僧孺、皇甫湜和李宗闵三人在试卷中批评时政，抨击宦官和宰相李吉甫。主考官韦贯之很欣赏他们的才华和胆识，将他们的考卷列为上等。众宦官和宰相李吉甫被他们的批评激怒，哭着向唐宪宗告状说他们四人私下结党。结果韦贯之被贬为果州（今四川南充市）刺史，牛僧孺、李宗闵和皇甫湜没有得到提拔。

李吉甫出身士族大家，早年靠家族门荫进入官场，不需要参加科举考试。当时，朝廷官员之中，这种门荫官僚（门荫派）占据大多数；而韦贯之、牛僧孺、李宗闵和皇甫湜等人皆是平民出身，他们需要参加科举考试，先中进士而后成为官员（科举派）。这一次，门荫派领袖李吉甫在皇帝支持下打击了科举派，双方结下了梁子。

元和九年(公元814年),李吉甫逝世。他儿子李德裕早年也是门荫入官。由于李德裕学问文章俱佳,又在基层得到磨炼,已经成为一名练达能干的官员,并且利用父亲的影响力,暗暗地成了门荫派新领袖。

唐穆宗登基后,他很器重李德裕,还有意重用李德裕为宰相。时任宰相的李逢吉属于科举派,早年就和李吉甫结怨,当然不想让李德裕得到重用,就指使党羽弹劾李德裕。长庆二年(公元822年)六月,李逢吉说通皇帝,将李德裕外放浙西观察使,出镇润州(今江苏镇江市);牛僧孺则被授为同平章事,拜为宰相,李宗闵也被授为礼部侍郎。这样,科举派取得了胜利。科举派从此以牛僧孺和李宗闵为首,简称为"牛党"。

李德裕外调浙西观察使后,在任上革除陈规陋习,政绩很显著。此后又调任剑南西川节度使,对西川的治理卓有成效,通过整顿军队、训练士卒、修筑城堡边塞,使西川的军事实力得到了空前提高。太和七年(公元833年)正月,唐文宗决定重用李德裕,诏令李德裕担任兵部尚书。京城门荫派成员正式奉李德裕为首领,从此门荫派称为"李党"。

唐文宗此时已经看出朋党之争的危害,曾有一次对宠臣李训说道:"去河北贼易,去朝廷朋党难(除掉河北的藩镇割据相对容易,去除朋党才是最困难的事情)。"李德裕此时也向皇帝进言道:"臣观察朝中的大臣,有三分之一的人都是朋党。"当时牛党执政,党羽众多,李德裕这样说,就是剑指牛党成员。唐文宗认为有理,没多久就将属于牛党的给事中杨虞卿、中书舍人张元夫贬到外地做地方官。

这时候牛僧孺被外放为淮南节度使，李宗闵进位为宰相。唐文宗就责怪李宗闵重用自己人，李宗闵反驳道："我知道我们是师生的关系，所以不敢把重要职务安排给他们。"

唐文宗很生气，反问道："难道给事中和中书舍人是闲官吗？"

不久，唐文宗罢了李宗闵宰相职务，将他贬为潮州司户参军（从三品官员降为七品小官）。李德裕则加封为同平章事，继为宰相。从此，李党在朝政中占了上风。

可惜好景不长。李德裕为相不足三年，因为得罪大宦官王守澄和皇帝宠臣李训，在他们两人的夹攻下，唐文宗改变主意，让李德裕再前往浙西担任润州刺史等职务，并将李宗闵召回京城接任宰相。这样，牛党在朝廷中势力再度反转。

牛李两党为了各自利益党同伐异，最后变为意气相争，甚至耽误寻常朝政之事。为了壮大己方势力，两党还竞相拉拢宦官势力以为援助，甚至不惜献媚以攀附宦官。他们这样交替执政，互相攻击，使本来就很腐败的朝政显得更加混乱不堪。

开成五年（公元840年），唐武宗继位，立刻将李德裕从淮南召回朝廷，并拜为宰相。李宗闵被罢相，贬为杭州刺史，时任太子少师的牛僧孺也以交结叛逆罪名，被贬为循州（今广东惠州市）长史。李德裕当权后，罗织牛党成员罪名，将他们贬出京城。此后唐武宗任期内，牛党主要成员都没有回到京城任职。

公元846年（会昌六年），唐武宗病逝，李忱被宦官拥立为帝，是为唐宣宗。唐宣宗未当政之时就非常厌恶李德裕，在他即位的次日便免去李德裕宰相之职，贬为东都留守。

第二年，当政的牛党检举李德裕当政过失，李德裕被贬为潮州司马。李德裕就从洛阳乘船赴任，他还未抵达潮州，朝廷的贬书追踪而至。原来唐宣宗再将他贬为崖州（今海南海口市东南）司户参军。当时的崖州处于蛮荒之地，远比潮州更加荒无人烟。

大中三年（公元849年）十二月，李德裕在崖州病逝，终年六十三岁。李德裕的逝世，也标志着纠缠四十余年的牛李党争落下了帷幕。这一年，距离唐朝的覆灭仅剩五十七年。

## 黄巢起义

咸通十一年(在公元870年)前后,一位出身于曹州冤句(今山东曹县西北)盐商家庭的富家青年,渴望改变自己商贾身份,数次前往长安城参加进士科考试。可惜他学业不精,每次都是名落孙山,最后决定从此不再参加考试。离开长安时,他写有一诗,名为《不第后赋菊》。诗中这样写道:

待到秋来九月八,我花开后百花杀。
冲天香阵透长安,满城尽带黄金甲。

诗人借物言志,一扫学子落选后哀伤颓丧心情,表达了自己要像菊花一样出人头地的决心。十年过后,这名诗人自号"冲天大将军",率领大军进入长安,实现了他"满城尽带黄金甲"的理想。

此人名为黄巢。

落榜后,黄巢只好回家继承祖业成为盐帮首领。经营盐业过程中,他积攒了一些人脉,锻炼了自己的组织才能。

自唐懿宗继位后,国家连年战乱、战事不息。为了维系统治,朝廷只好在辖区内加收赋税,致使农民不堪重负。到了公元874年(乾符元年),全国各地发生严重水旱灾害,而山东地区最为严重。麦收过后,收成只有往年一半,而到了秋季,秋粮基本绝收,甚至蔬菜也很少。各个州县不上报灾情,不组织赈灾,反而继续催收赋税,致使百姓无粮可食,只好四处乞讨,路上陆续有许多人撑不住倒地而亡。

濮州(今河南濮阳市)的私盐贩子王仙芝看到百姓走投无路,于乾符二年(公元875年)春天在长垣宣布起义。周围的百姓纷纷投奔,很快集合数千人队伍。王仙芝自号均平天补大将军,带领起义军攻打濮州和曹州(今山东菏泽市)。

濮州和曹州相距不远,黄巢得知王仙芝举兵起义,就在同年六月在家乡拉起一帮人马响应王仙芝。王仙芝与黄巢合兵之后,周边那些苦于横征暴敛的老百姓纷纷来投。数月之后,队伍竟然扩大到三万余人。他们齐心协力,很快攻陷了郓州和沂州等十余个城池。

唐朝中央政府看到王仙芝动静挺大,就派来数路兵马征讨,双方各有伤亡。起义军采用灵活机动的战法,在长江、淮河、黄河和汉江之间区域内流动作战,打得官军狼狈不堪。一年多时间里,起义军发展到三十万人。

唐僖宗看到王仙芝起义军不好扑灭,决定采取招安方法,王仙芝同意接受朝廷的官职。黄巢得知这个消息,当面斥责王仙芝道:"我们曾经共同立下誓言,要横扫天下取得胜利。你现在得到官府

封赏，可这么多士卒该怎么办呢？"

看到许多人反对，王仙芝无奈拒绝降唐。但他和黄巢彻底翻了脸，起义军也就分为两支：王仙芝带领一支队伍向南，黄巢率领一支队伍向北进发。

起义军分兵之后，王仙芝力量被大幅削弱。他辗转在江淮之间，被官军打败，只好往北返回中原地区。王仙芝这时候又想起招安的事儿，就和朝廷代表谈判。可惜官军觉得王仙芝势力已经大不如前，没有多大价值。官军一面假意和王仙芝谈判，一面调集重兵来围攻，王仙芝最终兵败被杀。

王仙芝被打散的队伍向北行走，前去亳州投奔黄巢。这样，黄巢的力量得到壮大。黄巢起义军达到十余万人，众人共推黄巢为"冲天大将军"。

乾符五年（公元878年）三月，黄巢决定向东都洛阳进攻，官军闻讯立刻调集重兵防卫。黄巢认为不可硬攻，就领兵掉头向东南方向行走，杀向浙东（今浙江绍兴市一带），转战吉州（今江西吉安市）、信州（今江西上饶市）等地，再转入建州（今福建建瓯市）。到了第二年九月，黄巢大军翻越五岭，将广州城团团围困，仅用一天就将广州攻下。

广明元年（公元880年），黄巢正式开始他的北伐之旅。起义军旋风般地扫过两湖地面，队伍扩充到六十余万人。这年九月，起义军渡过淮河，中原各个州县官吏不敢抵挡，纷纷逃散。十一月十七日，起义军进抵洛阳城下，洛阳官吏打开城门迎接起义军入城。黄巢颁布入城纪律,所以起义军入城后,城中秩序井然,百姓可以照常生活。

黄巢仅在洛阳停留数日,就带领大军向西前进。此时,唐僖宗在潼关集合十万官军防守,希望凭借潼关天险将起义军挡住。黄巢得知潼关左方有一条山谷防守不严,就派遣一支队伍前去占领,然后和潼关正面大军夹攻官军。十二月一日,起义军发起总攻,官军还没接战就落荒而逃。唐僖宗得知起义军攻克潼关,来不及通知文武百官,仅仅带领身边数名亲信狼狈地逃往蜀中。

十二月五日下午,黄巢乘坐金色肩舆,其将士皆披发,束以红绫,身穿锦袍,手执兵器,簇拥黄巢进入长安。长安市民夹道观看,黄巢想起自己当年落榜后所写诗句,心中好不得意。到了年底,黄巢定国号为大齐,成了大齐皇帝。

唐僖宗逃到成都后,下诏镇东、太原和代州等地派兵讨伐义军,将长安城团团包围起来,两军就在长安城内外相持两年有余。到了中和三年(公元883年)四月,起义军部将朱温等人向官军投降。此时城中存粮也吃光了,黄巢就率领十五万人离开了长安城。

起义军经蓝田关进入了商山(今陕西商县东),然后向中原地区迈进。官军这时围追堵截,唐僖宗还请来沙陀人李克用的五万骑兵追击,起义军又艰苦坚持一年多的时间,但连遭败仗。中和四年(公元884年),黄巢在泰山狼虎谷襄王村(今山东济南市莱芜区西南)被杀。

黄巢领导的起义军沉重打击了唐朝的统治。起义军前后转战十

二省,往返一万五千余里,历时十年。黄巢起义失败后,藩镇竞相割据,战火纷飞数十年。在这样的局面下,唐朝不久就灭亡了。至此,一个传奇的朝代画上了令人扼腕叹息的句号。